一千一ギガ物語

The Digitalian Night

藤井青銅

猿江商會

Contents

目次

一週目

First Week

二週目

Second Week

三週目

Third Week

四週目

Fourth Week

一千一ギガ物語

The Digitalian Night

《読書課題・入口》

と書かれたアイコンが、タブレットの片隅にあるのに気づいた。

「あれ、こんなのあった？」

いま世間では、オンライン授業とかリモート授業と呼ばれるものが急に増えてきた。陽菜《はるな》が通う学校もそうだ。一人一人にタブレット端末が貸し出され、登校した時はそれを教科書とか問題集としても使う。

ごくたまに在宅授業というのもあって、その時はこのタブレットの中が学校の教室ということになる。だいたいが、先生が録画した授業動画を見るだけ。課題が送られてきて、それに解答して返信することもある。オンライン授業というのも数回あったが、遊びなのか授業なのか、陽菜にはよくわからなかった（家にいるとタブレットの周りにある色んなものが目に入ってきたり、聞こえたりするから、まあ、しかたがない）。

たぶん大急ぎで導入されたシステムなのだろう。「T&Pラーニング・アプリVer2・01」などという大層《たいそう》な名前がつけられてはいたが、学校も先生も、そして生徒たちも、オンライン授業というものをどうやればいいのかまだ手探りだった。

ある日、自宅でそのタブレット端末を見ている時、陽菜は《読書課題・入口》というアイコンに気づいたのだ。

「こんな課題があるなんて、先生、言ってたかな？」

彼女は「読書」という二文字を見ただけで、ちょっとうんざりした。

「本は嫌いじゃないけど、読書課題っていうのは苦手。どうせ、本を読んだあとで感想文を書くとか、なにか設問に答えなきゃいけないんでしょ」

陽菜の机の横にある本棚には、何冊かの本が雑然と並べられている。もちろんすでに読んだ本もあるが、途中で読むのをやめてしまった本もけっこうあった。課題図書なのに最後まで読めず、挫折《ざせつ》してしまった本。プレゼントされたけど、最初の数ページを読んだだけの本。自分で「面白そう！」と思って買ったのに、結局ほとんど読んでいない本。なかには本屋さんのカバーがついたまま手付かずの本もあって、もはやそのタイトルすら憶《おぼ》えていない。……いわゆる「積《つ》ん読《どく》」と呼ばれる本だ。

「字ばっかりの本ってなんか苦手。マンガの本なら大好きなんだけど」

大好きなマンガの本は、キチンと巻数どおりに並べている。買ったまま読んでない本なんて、ない。買ったらすぐ読む。時々読み返したりもしているし。ああ、マンガの本が課題にならないかなぁ～。

そんなことを思いながら、彼女がちょっと憂鬱《ゆううつ》な気持ちでタブレットの《読書課題・入口》のアイコンをタップしてみると、

《毎日一話、一週間、ここに短い物語が配信されます。読んでください》

とメッセージが表示された。

「あ、紙の本じゃなく、これで読むのか。そうかあ。短いお話なら…まあ、いいかな」

陽菜は少しほっとした。

実際、ネットにアップされた短い物語なら、彼女は時々読む。有名な作家ではなく、誰だか知らない人の作品だ。ネット専門に発表している人や、ふつうの人が書いたものだったりもするが、陽菜にはそんなこと関係なかった。スマホやタブレットでササっと読めるからいいのかもしれない。

毎日一話というのはちょっと面倒臭い。けれど、スマホの画面を見るのと大差ないので、それほど苦ではない。生徒に本を読ませようと、学校も色々考えてるんだな…と陽菜は思った。

その日から、タブレット端末に物語のテキストファイルが送られてきた。

First Week

一週目

1　ジグソーパズル

青年は奇妙なジグソーパズルを買ってきました。

ふつうジグソーパズルといえば、お城や山、湖などの美しい風景の絵や写真とか、可愛い動物の写真といったところ。ところが、彼が買って来たのは怪しい雰囲気を持った黒ずくめの男の絵でした。なにか有名な漫画やアニメのキャラクターというわけでもありません。

「このパズル、ゴチャゴチャしていて難しそうだな。やりがいがあるぞ」

青年はその日から毎日、こつこつとパズルを組み立てていきました。途中何度か投げ出しそうになりましたが、数日後、ようやく完成に近づきました。

「ようし。この最後の一ピースを入れれば出来上がりだ」

と、パズルが完成したとたん、

「ワハハハ……」

という笑い声が聞こえ、絵の中の黒ずくめの男がとび出してきたのです。

「お、お前は誰だ？」

一週目

「ウヒヒ……オレは悪魔よ。このジグソーパズルの中に閉じ込められていたのだ。完成してくれてありがとよ。お礼に、お前の願いを叶えてやろう」

「……知っているぞ。こういうのは何度も本で読んだことがある。そのかわり魂をよこせと言うんだろ」

「ほほう、察しがいいな。ならば話が早い。そういうことだ。だが、今すぐ魂をくれという訳ではない。死んでからでいいのだ。それまでに人生を十分に楽しんだほうがいいとは思わないか」

「人生を楽しむ？」

「大金を手に入れ、豪邸に住み、絶世の美女に囲まれ、うまいものを食ったり飲んだり。世界中を旅して、豪華なホテルに泊まったり、クルーザーに乗ったり……それが人生を楽しむということではないかな？」

　青年はこれまで、そんなことは考えたことがありませんでした。自分の人生には無縁の世界だと思っていたからです。しかし可能性があると言われると、急に魅力的に思えてきます。そんな風に人生を楽しみたいという気持ちがむらむらと湧き上がってきて、なんだかずっと以前からそれが生きる目的だったような気もしてきます。

「……たしかに、そうかもしれないな」

「よーし、決まった。えい！」

悪魔がパチンと指を鳴らすと、青年の目の前に突然、札束の山が現れました。

「先立つものはまず金だ。これでどうだな」

今まで見たことがない量のお金。こんなにあれば、これまで欲しかったけど我慢《がまん》していたアレもコレも、手に入るでしょう。けれど、青年はプイと横を向きました。

「こんなはした金で僕の魂は売れないよ」

「うむむ……」

悪魔は困った様子。声を潜《ひそ》めて、

「実はここだけの話だが、地獄のほうも不景気でな。一つの魂に使えるお金にも限度があるのだ。これでも、他の奴らよりは奮発《ふんぱつ》してるんだぞ」

「他の奴ら？」

「俺たち悪魔は色んな所に潜んで、人間とめぐり逢うのを待っているのだ。俺以外にもあと何人かは他のジグソーパズルに入っているはずだ」

青年の顔がかすかに輝きました。

「魂は売ってやる。ただし、交渉は延期だ」

「どういうことだ？」

「もう一人悪魔を連れて来て、二人のうち値段の高いほうに魂を売る」

「そんな、汚い手を…」

「うるさい！」

と青年はパズルの一ピースを抜きました。

「わ〜〜」

悪魔は再び、パズルの中に閉じ込められました。

＊

それから青年は色々な玩具屋に出かけては、めざすジグソーパズルを探しました。何ヶ月もかかって、彼はようやく小さな店の奥で埃《ほこり》をかぶっていたそれを見つけました。今度のは女の絵でした。

やがて、青年がこのパズルを完成したときに現れたのは魔女でした。

「ホホホ……組みたててくれてありがとう。お礼にあんたの…」

「言わなくていい。その先はわかっている」

と青年は先回りして言います。

「僕の魂を売ってやってもいいんだけど、キミならいくらで買ってくれる？」

「こんなものでどうかしら」

魔女は札束の山を出しました。どうやら、前に悪魔が出したのより多そうです。

「ちょっと待っててくれ」

青年は完成一歩手前の状態で取っておいた悪魔のジグソーパズルを出し、最後の一ピースをはめて、パズルを完成させました。

再び現れた悪魔は、魔女に文句を言います。

「おい、おい。これはオレの客だぜ。引っ込んでもらいたいな」

と悪魔は魔女よりも多いお金を出しました。

「ふん。あんたこそ引っ込んでらっしゃい。えいっ！」

魔女はさらに沢山のお金を出します。

「うぬぬ…負けてなるものか。これでどうだ」

とまたまたお金の山。

「ふん。意地でも負けないわ」

さらに凄《すご》い量の札束。

悪魔と魔女がどんどん積み重ねるお札の山を眺めながら、青年はほくそ笑んでいました。

（ふふふ。狙い通りだ。よし、そろそろ限度のようだな。多いほうに売ってやるか）

と青年が割って入ろうとした時、魔女が金切り声で叫びました。

「キーー！　あんたみたいに強情な悪魔は初めてだわ。こうしてやる！」

魔女は悪魔のジグソーパズルに手をかけました。

「やめろ！　パズルをこわされたら消えてしまう。くそう、オレだって！」

と悪魔も魔女のパズルに手を伸ばす。

次の瞬間、

「キャ〜〜〜！」

「わぁ〜〜〜！」

悲鳴と共に二人の姿は消えました。

残されたのは、ピースが一つずつ欠けた悪魔と魔女のジグソーパズル。絵の中の悪魔と魔女はそれぞれ相手の欠けたピースをしっかり握っているので、二つのパズルは永久に完成しないものとなってしまったのです。

「なんということだ……」

青年はつぶやきました。

もちろん、天井に届くばかりだったお札の山もすべて消え去っていました。

2　ただものではない輝き

どこまでも続く黒いビロードのような宇宙の中。たったひとつ、明るい宝石のように輝いている小さな星があった。

「あれはなんという星だろう？　ロケナビ（ロケット・ナビゲーション）の画面にも出ていない」

男は宇宙船の窓から外を見てつぶやく。

「一見普通の星のようだが、あの輝きはただものではない。うーむ、オレの目は見抜いたぞ！　あの星には商売になる何かがあるに違いない」

ズドドド……！

その星の大地に、宇宙船は着陸した。宇宙船のボディには銀河系共通語でこう書かれている。

《ツメキリから宇宙ステーションまで――なんでも扱います。総合商社・銀河コーポレーション》

名前は大袈裟だが、たいしたことはない。この男、宇宙のあちこちの星に出かけて行き、

珍しい動物や宝石などを見つけ、それを他の星で高く売るという商売を一人でやっている
だけだ。

「うぅむ。ちょっと空気が乾いてはいるが、おおむね地球型の大気だな」

男は宇宙船から降りたった。周囲をキョロキョロと物色しながら、

「なにか金儲けになりそうなものはないかな？」

と歩いていると、

「ようこそ、いらっしゃいました」

岩陰から一人の男が現れた。地球人と同じ外見をしている。

「あんたは、この星の人か？」

「はい。ここはパール星といいます」

「ならばパール星人というわけか。いささか安易なネーミングだという気がする。そこは
かとなく星新一の香りもするようだが、まぁいい」

ヘッドセットに組み込まれているＡＩ翻訳が、瞬時に銀河系共通語に翻訳してくれる。

どこの異星人とでも会話はスムーズだ。男はさっそく商談にかかる。

「この星に何か珍しいものはないか」

「珍しいものといわれましても……」

パール星人は腕組みをして考える。

「ご覧のとおり、なんの変哲もない標準タイプの惑星ですから」

「かわった動物はいないか？　アンドロメダ・リュウグウノツカイみたいな奴は？」

「いません」

「プレアデス・ラッコは？」

「いません」

「馬の首星雲パンダ・ア・ラ・ペガサスの子どもは？」

「そんなものがどこの星にいるんですか！」

「いや……、もしいたらいいなと思って」

「とにかく、この星にヘンな動物はいません」

「うーん。この星になにかただものではない輝きを感じてやってきたオレの見立てが違っていたのか？」

しかし男は諦《あきら》めない。

「珍しい動物がいなければ、珍しい宝石はどうだ？」

「宝石といっても、真珠くらいのものですが」

「真珠か……。ダイヤモンドとかルビーだといいんだが。まあ、いちおう見せてもらおうか」


案内されてパール星人の家へ行った男は、真珠を見るなり驚いて大声をあげた。

「こ、これが真珠か！」

なにしろ、その真珠はバレーボールほどの大きさがあるのだ。淡いピンクの光沢を持つ真珠にそっとふれ、彼はたずねた。

「この星では、真珠はみんなこんなふうに大きいのか？」

「ええ。なにしろ真珠を作る貝の大きさが、我々の五倍はありますから」

「やはり、この星に隠された価値を見抜いたオレの目は確かだった！」

と男は自信満々に叫んだ。

「この星の真珠を買うぞ！　できるだけたくさん集めて、オレの宇宙船まで持ってきてくれ」

＊

やがて宇宙船の下に、多くの真珠が集められた。どれもバレーボールほどもある。

「代金の三十万クレジットだ。確かめてくれ」

銀河系共通電子通貨を交易用端末で送る。

男は内心、嬉しくてたまらない。

（ウヒヒ。こんな立派な真珠なら、三十万クレジットの十倍、いやいや二十倍だって売りさばけるぞ……）

パール星人は自分の端末に表示された仮入金の数字を確認する。

「確かに、三十万」

「では、確定ボタンを押す前に、こっちもいちおう真珠を確かめておくかな」

男は腰のベルトからX線ガンを取り出し、目の前の真珠にあてた。すると……、

「ああっ！　これは……」

X線をあてた真珠は、その真ん中に野球のボールほどの黒い影ができたのだ。

「変だぞ」

男は次から次に真珠を手に取り、X線をあてた。そのどれにも、中心に大きな影が浮かび上がる。

「こ、これは天然真珠ではないのか？」

「ええ。川原にゴロゴロ転がっている石コロをポイッと貝の中に入れるんですよ。すると三年ほどでこういう真珠が出来上がるんです」

「なんということだ！」

「おや、気に入りませんか？」

「あたりまえだ。こんな大きな石コロが入ってる真珠なんて一文の値打ちもない！　取引は中止だ」

男はあわてて、交易用端末の取り消しボタンを押した。

「こんな石コロの山に三十万クレジットなんて、あやうく大損をするところだった。危ない、危ない」

とつぶやき、

「こんな星に二度と来るものか！」

捨て科白《ぜりふ》を残して宇宙船に乗り込み、さっさと飛び立ってしまった。

＊

しだいに小さくなっていく宇宙船を見上げ、パール星人は、

「中に何か入ってたっていいじゃないか。勝手な人だなあ……」

と手にした真珠をポイと放り投げた。

それは岩にあたってカチンと割れ、中からこの星の川原に転がっている石コロ――ただものではない輝きをもつダイヤモンドが、転がり出た。

3 キヌタ

「強盗だー！」

「誰かつかまえてくれっ！」

と騒ぐ声を背中に、大きな袋を抱えた男が銀行から飛び出してきました。男は用意していた車に乗り込み、すぐに発進させます。

遅れてあたふたと出て来た銀行員達は、ぐんぐん小さくなる車の後姿を見送りながらわめきたてるだけ。

「一一〇番に電話しろー！」

一方、車の中では男がニヤつきながら、

「うまくいったぞ。非常線が張られる前に町の外に出てしまえば、この大金はみんなオレのものだ」

と袋の中にいっぱいつまっている札束を、ポンポンと叩きます。

車は計画していた逃走ルート通りに、右に左にと進みます。ところが、見通しの悪いカーブを大きく曲がった時、いきなり車の前に何かが飛び込んできました。

「危ない！」

男は大きくハンドルをきります。

ブレーキの軋《きし》む音が響いて、車は斜めに止まりました。

男は車から降りて、恐る恐る前を覗き込みます。そこには小さな動物がうずくまって小《こ》刻《きざ》みに震えていました。

「よかった。ひかずにすんだようだ。しかし、この動物、犬でも猫でもない。何だろう？」

　すると、小さな動物は頭をひょいとあげて答えました。

「おいら、キヌタっていうんです」

「わわっ！　こいつ、口をきいたぞ」

「おいら、人間の言葉がわかるんです。おじさん、これからどこへ行くんですか？」

「町外《まちはず》れまでだ」

「ちょうどいいや。おいらを乗っけてってもらえませんか？」

「どうしてだ」

「おいら、人間の町に遊びに来て道に迷っちまったんだ。町外れまで連れてってもらえれば、森に帰る道がわかるから……」

「駄目だ。オレは急いでるんだ」

「そんなこと言わないで。ね、おいらを連れてけばきっと役に立つから。お願いします！」

結局、男はキヌタを車に乗せました。そして実際、キヌタは男の役に立ったのです。

追われている事を知ると、まずキヌタは尻尾《しっぽ》で車のナンバープレートをポンポンと叩きました。すると、それは今までとは全く違うナンバーに変わったのです。

「なんてこった！」

また、拾った板切れをキヌタが二、三度擦《こす》ると、それは《道路工事中につき通行止め》という立て札になりました。

「いいぞ。こいつを立てておけ」

こうして車は警察につかまることなく、町外れの原っぱに出ました。

「ここまで来れば逃げおおせたも同様だ。ありがとうよ。お前のおかげだ」

「いいえ、こっちの方こそお礼を言わなきゃ。ここまで来ればおいらの家まで目と鼻の先です。ありがとうございました」

「ふう〜。安心したせいか、腹が減ったな」

「あ、食べ物なら……」

とキヌタは姿を消すと、すぐにおイモを持って帰ってきました。

「どうです？　食べません？」

「おい、おい。オレは人間だぞ。生のイモなんか食べられないよ」

するとキヌタはまた姿を消しました。そして今度は、枯れ葉の山を抱えて戻ってきました。

「おお、いいものを見つけてきたな。よし。そいつを燃やして焼きイモにしよう」

枯れ葉に火をつけ、パチパチと燃える焚き火を見ながら、男は言いました。

「お前は不思議な力を持ってるな。ただの板切れを通行止めの立て札に変えたり、突然どこからかイモや枯れ葉の山を出してみたり……まるでタヌキだな」

すると、キヌタは真っ赤な顔で怒りました。

「冗談じゃない。あんな奴らと一緒にしないで下さい！　タヌキは人を騙《だま》すけど、キヌタは人の役に立つ。タヌキとキヌタはその名の通り、やる事なす事みんな逆なんです！」

「どういうことだ？」

「たとえば、タヌキは木の根っコをおイモに見せかけて人を騙すけれど、キヌタは本物のおイモを持ってくる。たとえば、タヌキは枯れ葉からお金のお札を作るけど、キヌタはお札から枯れ葉を作るんです」

「なるほど……ん？　なんだって、お札から枯れ葉？」

「そーですよ」

とキヌタは無邪気に言いました。

「おイモ、焼けましたよ。食べませんか？」

4　山賊の湖

街はずれの山あいに、小さな湖があった。

その湖から一本の川が流れ出ていた。湖から流れる水を調節し、湖があふれたり干上がったりしないように『堰《せき》』が作られている。堰の傍《かたわ》らに古い一軒家があり、そこにひとりで住んでいる男は、堰を調節するのが役目だった。

「紅葉が湖に映ってきれいじゃな」

ある秋の日、湖を訪れた老人が男に言った。

「こうして見ておると、山の紅葉と水の中の紅葉――いったいどっちが本物なのか見分けがつかなくなる」

交通の便は悪いが、それでも客が時おりここへやってくる。男の家はそんな客たちを泊めてやったり、簡単な食事を用意をしてやったりして、代々つつましく暮らしてきた。しかし、

「今どき、紅葉がきれいなだけじゃ……」

と男はつまらなそうに答えた。

「それだけではいけませんかな」

「この景色を見にくる人など、たかが知れてます。季節に関係なく、観光客にもっとどんどんやってきてもらいたい。そうすりゃウチも繁盛《はんじょう》するってもんです」

「しかし、今のままでも暮らしてはいけるのじゃろう？」

「親父の代まではそれでよかったんでしょうがね、今は時代が違います。他に観光地もあるし、派手な宣伝をしている旅館もある。そこに負けないよう、私はここをもっと有名にしてお客を集め、ひと儲《もう》けしたいんです」

ここで男は、他に聞く人などいないのに、少し声を低めた。

「実はもう方法を考えているんです」

この家屋敷は、かつてこのあたりを荒らしまわった山賊《さんぞく》たちの隠れ家だったという言い伝えが残っている。物置には、山賊のものだったらしい錆《さ》びた刀なども残されている。——これらをうまく利用したい、と男は言うのだ。

「山賊伝説をなんとか利用できないかと毎日考えていたら、きのう夢を見ました。夢の中に、半分水につかった山賊が出てくるんです。しかも、その山賊の姿は黄金色に輝いている」

「はて、半分水につかったとは…？」

「近くの谷に小さな温泉が湧き出ているんです。あの山賊は温泉につかっているのではないかと気がついたんです。これは、夢のお告げです」

「どういうお告げかな」

「ここを『山賊の隠れ温泉』ということで、大々的に宣伝するのです！」

＊

男は計画を実行に移した。

山賊の隠れ温泉という名前がきいたのか、観光客がどんどんやってきた。客たちは飾り気のない温泉に喜んでつかった。錆びた刀やぼろぼろの鎧《よろい》などを飾った急ごしらえの展示室もなかなかの人気だった。観光地ズレしていない素朴さが、かえって人気となったのだ。訪れた客はそれをSNSで拡散する。すると、それを見た人がさらにやってきた。

客たちは食事を注文し、男が作った粗末な土産物を買った。《山賊キーホルダー》《山賊人形》《山賊饅頭《まんじゅう》》……どれもとるに足らぬものだが、それでもよく売れた。

「ウヒヒ……儲かる儲かる」

男はほくそ笑んだ。

男の家に泊まる客も多かった。ときには客が多すぎて宿泊を断らざるをえない日もあった。

「このままではもったいない。家を壊して立派な旅館にすれば、まだまだ大きく儲かるにちがいないぞ」

男はこれまでに儲けた金を全部つぎこみ、足りない分は借金をして、旅館を作ることにした。

ところが、大きな旅館がやっと出来上がったころ、温泉の人気が衰えてきた。もともと他に何もない山の中だ。珍しさゆえの人気がなくなると、観光客はピタリと来なくなった。男の元に残ったのは大きな旅館と、それによる借金の山。

「うーむ、困った。なんとかしなくては」

失意の男は再び夢を見た。やはり黄金色に輝く山賊が半分水につかっている夢だった。

「またもや夢のお告げだ。あの山賊は俺に何かを伝えたいに違いない。何だろう？　うーん…半分水につかった、半分水に…」

と男は考え、思いついた。そして一人でなにやらコツコツと作り始めた。しばらくして出来上がったそれは、古代の恐竜の首をまねた模型だった。

男はその模型を湖の中ほどに沈め、機械じかけで浮かべたり沈めたりできるように細工した。いわば手製の『ネッシー』である。スコットランドの辺鄙《へんぴ》な場所にあるネス湖だが、怪獣の噂のおかげで知名度が上がり、観光客がやってくる。それにあやかろうというわけだ。

男は『山賊の湖にナゾの怪獣あらわる』『古代の恐竜の生き残りか？』という噂を流した。

噂はあっという間に広がった。幻の怪獣を目撃しようと観光客が続々訪れた。男はときおり、霧の深い夜などに、湖に怪獣の首を出現させてみせた。客が撮影したそのぼやけた写真はSNSに投稿され、さらに話題は広まる。

インターネットというのは世界につながっている。この情報が海外のサイトで紹介されると、海外からも客が来るようになった。すると「海外でも人気」という話題が、さらに国内でも話題になる。情報は情報を増幅し、人気は人気を呼ぶ。

湖は以前にも増してにぎわった。温泉の人気も再び盛りあがり、男の懐《ふところ》は潤《うるお》った。《怪獣キーホルダー》《怪獣人形》《怪獣饅頭》……を売ったのは言うまでもない。

「こんなに客が来るのなら、レストランやゲームセンターも作ろう。うん、旅館も、もうひとつぐらい建てよう」

こう考えて男は、重ねてあらたな借金をし、ブルドーザーで山を切り崩しはじめた。だが、工事が半ばほど進んだころ、怪獣の人気が下火になった。元々作りものの人気なのでしかたないともいえた。

もはやどんな宣伝をしようと観光客は来なかった。人気というものは火がつきやすいが、冷めやすくもある。しかもその境目は誰にもわからないのだ。

湖は以前のように淋しくなった。いや、観光客が汚した自然や切り崩した山肌のため、湖の風景は以前よりひどくなった。かつては自慢だったあの紅葉も、すでにない。そのため、昔から細々と訪れていた客さえも来なくなってしまった、

「ひどいもんだ」

と男は、ガランとした旅館の中でつぶやいた。

「もう何ヶ月も客はひとりも来やしない。ここにやってくる奴といえば、借金の取り立て屋だけだ。しかし、何度来られてもこんな状況じゃ返せるわけがない」

男は舌打ちをして窓越しに湖を見た。

「この湖を使ってひと儲けしようと思ったら、前よりひどくなってしまった。なにが山賊の湖だ。夢のお告げだ。あんな伝説のせいでひどいめにあった」

男は借金取りから逃れるため、夜逃げしてしまった。

＊

もはやこの山あいの小さな湖を訪れる者はいなかった。ここへ通じる細い道には草が繁り、あたりの木々も枝をのばした。ほどなくして、もうそれは道と呼べるものではなくな

った。

ある夏の日、大雨が降った。湖の水はふくれあがったが、それを調節する人間はいない。堰はこわれ、湖の水はどんどんあふれ出た。

雨があがった数日後、湖はすっかり干上がってしまった。干上がった湖の底に、かつて山賊が隠した莫大《ばくだい》な宝が黄金色に輝いて現れたのだが、湖を捨ててしまった男はそれを知るはずもなかった。

5　メロディ

会社を終えて帰ろうとする青年の胸の内に、ふと、あるメロディが浮かんできました。それはしっとりと、それでいて熱い情熱を秘めているようなピアノの旋律《せんりつ》でした。

「なんの曲だろう。どこかで聞いたことがある懐かしいメロディだ」

と青年は首をかしげました。

その日から、青年の胸の中には時々そのメロディが流れるのでした。といって、決してわずらわしい訳ではなく、むしろうっとりと聞きほれてしまいそうなのです。

やがて、それはクラシックのあるピアノ小品のメロディだとわかりました。けれど、どんなにネットで動画を探しても、CDを何枚か買ってみても、彼の胸の内に流れるあのしっとりとしながらも情熱的な演奏とは違うのです。

「まるで、僕のために弾《ひ》いているような素晴らしいメロディだ。いったい誰の演奏なんだろう」

彼はいつもそれを気にかけていました。

＊

　ある日のこと、青年はまた例のメロディを思い出してあれこれ考えていたためか、ふと気がつくと、会社の帰りにいつもとは違う電車に乗ってしまいました。それは、彼が学生のころ住んでいた町へ向かう電車でした。

　その事に気づいたとき、青年は心の中で叫びました。

（思い出したぞ。あれは僕が学生のころに聞いたメロディだ！）


　懐かしい小さな駅に降りたったとき、すでに日はとっぷりと暮れていました。

　青年は、はやる心をおさえながら、思い出の場所へと急ぎました。やがて急な坂道の横に、黒々とした庭木に囲まれた古い洋館風の建物が見えました。そして、月明かりに照らし出されたその二階の窓からは、青年の心に浮かんで消えなかったあのピアノのメロディが、夜の暗さにしみ込むように流れてきたのです。

　青年はうっとりと、その調《しら》べに耳を傾けました。

（あのころ……、僕は毎日のように出かけていたアルバイトの帰り、よくここでこうしてピアノのメロディに聞きほれていた。しっとりとしたピアノの音はまるで僕に語りかけているようだった。「どんな人が弾いているんだろう」と色々想像したっけな。きっと美しい少女だと思った。一度も姿を見たことのないその人に、ほのかな恋心を抱いたこともあった。いや、今思えば、このメロディそのものに恋をしていたのかな……）

昔を思い出すにつれ、彼はどうしてもたまらなくなり、その建物の中に入っていきました。庭の木はあまり手入れされていない様子です。ピアノのメロディが流れてくる二階の窓からは薄明かりがもれているのですが、どういうわけか一階のどの部屋にも明かりがついていません。

手探りで階段を上がり、ドアを開けると、ピアノを弾いていた長い髪の少女が驚いて手を止めました。

「す、すみません！　下で声をかけたんですけど誰もいなかったんで、ついここまで上がってきてしまいました」

我に返ると、自分はとんでもないことをしていたことに気づき、青年は何度も頭を下げます。しかし、少女は微笑《ほほえ》んで。

「あなたは、何年か前、よくこの下で私のピアノを聞いていた人ね」

「知っていたんですか！」

と青年は驚き、今日彼がここにやってきたいきさつを話しました。

「それはきっと、このピアノの妖精メロディのせいよ」

「メロディ？」

「妖精の名前なの。私が会いたいと願う人への思いを込めてピアノを弾くと、妖精メロディはその人のところへ飛んで行き、その人の心の中にピアノの調べを伝え、やがて私のもとへ連れてきてくれるの」

「へえー。けれど、どうしてあなたは僕に逢いたかったんです」

「これまでに、私の演奏を一番熱心に聞いてくれたのはあなたでした。それで……」

少女は青年から目をそらして続けました。

「私はもうすぐ遠い国へ行ってしまいます。その前に、あなたにもう一度だけ聞いてもらいたいと思って」

弱々しい彼女の体を見ると、遠い国というのは地図の上の国ではないかもしれない、と青年は思いました。

＊

翌日の昼間、青年はもう一度、その建物を訪れました。

ところが、夕べと変わって家の中はしばらく人が住んでいない様子なのです。二階の部屋に少女の姿はなく、古い型のピアノは表面にうっすら埃《ほこり》をかぶっていました。

「これはどういう事だ？」

青年は茫然《ぼうぜん》と立ちつくします。

そのとき、階下から数人の人の気配がしました。それは作業服姿の男たちでした。彼らは青年の姿を見て驚き、彼の質問に答えました。

「この家に住んでた家族はとっくに引越しましたよ。それでこの家は解体するんですよ。明日からです。娘さん？　ああ、いましたね。……いえいえ、病気なんかじゃなくお元気なはずですよ」

青年はもう一つ訊《たず》ねました。

「このピアノはどうするんですか」

「これはかなり古い型で、壊れているし、古道具屋もひきとってくれないんで、置いていったんです。廃棄物業者に出します。壊してゴミになるんでしょう」

その言葉を聞いて、青年にはわかりました。

（きっとあの少女そのものが妖精メロディだったに違いない。彼女はもうすぐ壊される自分の運命を知っていたんだ！）

青年の胸の中に、再びあの懐かしいメロディが流れてきました。

6　マラソンメン

「社長、わが社の名前を世界にＰＲする、素晴らしいアイデアを思いつきました！」

「素晴らしいアイデアとは何だ？」

「今度開かれる外国のマラソン大会に、わが社から選手を参加させるのです」

と専務は興奮した表情で言った。この会社には陸上部の実業団チームがあったのだ。

「世界的に有名なマラソン大会を利用するのだな」

「普通はそう考えます。しかし、わが社はその裏をかきます」

「裏をかく？」

「歴史があるわりにマイナーな大会を狙います。開催都市の名前を聞いても、ふつうの人はどこの国なのかよく知らない大会。ここならライバルが少ないので、確実に優勝できます」

「優勝したところで、そんなマイナーな大会ではＰＲの意味がないではないか」

「ただ優勝しただけならそうでしょう。しかし、これまでの世界記録を大幅に塗り替えるとんでもないタイム、たとえば一時間半くらいだったらどうです？」

「そりゃ、ビッグニュースだ」

「でしょ？　なにしろインターネット時代です。驚くべき大記録を打ち立てたとなれば、その時の映像や写真が、あとから世界中に広がります。結果的に何億人、いや何十億人が見るでしょう。その優勝者がウチの社名入りゼッケンをつけていれば、わが社の名前は一躍世界に知れわたります！」

「ならば余計に、有名な大会で優勝した方がいいではないか」

「そこです。マイナーな大会を狙うのにはもう一つ理由があるのです」

「なんだ？」

「今年の新入社員の中に逸材《いつざい》がいましてね。説明するより見ていただいたほうが早いと思って連れて来ました。おい！」

専務の合図でドアがあき、一人の若い男が入ってきた。

「こんにちは」

どこにでもいそうな、ごく普通の青年であった。

「君はそんなに足が速いのか？」

「いえ、速さはまあ普通です」

「すると持久力がズバ抜けてるのだな？」

「いえ、持久力の方も普通です」

「わかったぞ。レースの駆け引きが天才的なのだな？」

「いえ、駆け引きはむしろ苦手でして」

社長は声を潜めて専務に聞いた。

「おい、この男のいったいどこが逸材なのだ？」

それには答えず、専務はさらに外に向かって「おい！」と言う。すると、

「こんにちは」

ともう一人の青年が入ってきた。これが最初の青年と瓜二つなのである。

「むむむ、双子か！」

しかし専務はさらに「おい！」と言う。

「こんにちは」

次に入ってきた青年も、前の二人とまったく同じ姿形をしている。

「三つ子なのか！」

だが続いて、専務は「おい！」。

「こんにちは」

と、さらに同じ姿の青年が入ってきたのだ。

「実は彼らは、四つ子なんです」

「う〜む。顔はもちろん、姿形、声までそっくりだ。まったく見分けがつかん」

「こんなどこにでもいそうな男なら、途中で入れ替わってもわからないでしょう」

「なるほど！　四人で四十二・一九五キロを走ろうというわけか」

「そうです。一人は十キロちょっとを走ればいいのですから、かなり早いペースでいけます。途中三ヶ所でこっそり入れ替われば、優勝は一〇〇パーセント間違いない。わが社のゼッケンをつけた写真が世界中に報道されます」

「すばらしい！　…しかし、そううまくいくかな」

「わが陸上部は世界の陸上競技界でまったくの無名。ノーマークです。そして、マイナーな大会なので、放送するのは地元ローカルテレビ局ぐらい。これなら、見つからずに入れ替わりができます」

「それでマイナーな大会を狙うのか」

「われわれの計画に気づく者はいないでしょう。私におまかせ下さい」

と専務は胸を張った。

ずらりと並んだ四人の青年たちに、社長は言った。

「頑張ってくれたまえ、わが社の逸材…いや、逸材たちよ」

＊

マラソン大会の当日となった。間もなくレース開始の時間。日本では夜中になるが、社長室には社長と専務がデンと陣どっていた。現地に派遣した秘密スタッフから次々と、専務に国際電話がはいってくる。

――もしもし、こちらは第一地点です。このへんではまだ集団で走っているはずなので、給水時のゴタゴタを利用して入れ替わる手はずになっています。準備完了です。

「うむ。ごくろう」

――こちらは第二地点です。ここは一般の見物客がはいりこめない道路です。道が大きく曲がる場所がちょうど中継でも死角になります。ここで選手を入れ替えます。

「頼んだぞ」

「順調のようだな。しかし心配なのは第三地点だ。そのへんではすでにウチの選手は独走態勢にはいっているのではないか？　いったいどうやって選手を入れ替えるのだ」

「ご心配なく。興奮した沿道の見物人がどっと道になだれこみ、一緒に走るようにしかけています。そのもみくちゃの中で入れ替わります。さらに念のため…」

――こちらは第三地点です。妨害電波を出して、中継の映像が乱れるようにセット完了です。

「…というぐあいです」

「完璧だ！」

「これでわが社の優勝は間違いありません。大記録を出したことで、わが社への取材が殺到します。社長は挨拶を考えていたほうがよいのではありませんか」

「そうだな。うひひ……」

「では、前祝に。カンパイ！」

二人は早くも祝杯をあげはじめた。一杯、二杯とグラスを重ねていると、専務のスマホが鳴った。

「おや、優勝の知らせにしてはちょっと時間が早すぎますな。それとも、驚異的なタイムで早くもゴールインしましたかな」

「だとするとわしの挨拶も国際的ニュースにふさわしく、英語にしなきゃいかんかな。うひゃひゃ……」

——こちらスタート地点です。ウチの選手はスタート五百メートルにて足をくじいて倒れ、レースを棄権しました。

7　SOS

島影ひとつなく、どこまでも広がる青い海。ぬけるような青空。そして、じりじりと照りつける太陽。これが海水浴なら文句のないお天気です。けれど、男にとっては大違いでした。

「ハア、ハア……ああ、水が飲みたい……」

男は、乗っていた船が難破し、板きれに乗ってたった一人で漂流しているのです。もう流されて何日もたつので、着ている服はボロボロ、ひげは伸び、目はうつろです。

「暑い……、俺は、このまま……死んでしまうのだろうか……」

ぼんやりした頭で考えている時、彼の目の前の水がバシャッと跳ねました。見ると、海面から可愛い女のコのにっこり笑った顔がのぞいていました。

「あ！　人が……いや、そんなばかな。……ここは、太平洋のど真中だぞ」

男は頭を振って、もう一度前を見ました。が、そこにはやはり女のコがいるのです。

「俺も、とうとう終わりかな……。こんな幻覚を見るようになっちゃなあ……」

ところが、女のコは優しい声で話しかけたのです。

「こんにちは」

「あわわ!　げ、幻覚が口をきいた!」

「わたし幻覚じゃないわ」

女のコは水飛沫《しぶき》をあげ、身を踊らせて泳いで見せました。

なんと、彼女の上半身は真珠のようになめらかな肌ですが、腰から下は魚でした。

「に、人魚!?　……しかし、あれは伝説上の生き物のはず……」

「なんにもないところから、でんせつはうまれないわ。わたしたちは、ほんとうにいきているの。ただ、にんげんの目にふれないようにしているだけ」

「なるほど。そうだったのか……」

人魚の説明を聞いて心が落着いてくると、男は目のやり場に困りました。なぜなら、彼女のつややかな上半身には何もつけていないのです。

「えー、その、キミに頼みたいことがあるんだけど……」

と男はうつむいて言います。

「わかってるわ。たすけてほしいのね」

「できるかい」

「海のなかなら、わたしのおもうままよ。まかせておいて」

人魚はそう言い残して、どこかへ潜って行きました。

けれど、いくら待っても、男のまわりに何の変化もありません。

「人魚に、だまされたかな……それとも、やっぱりあれは幻覚だったんだろうか……」

なかばあきらめかけていた時、すぐ近くでバシャッと音がしました。

「人魚が帰ってきた？」

音のした方を見ると、青黒い三角形のモノが海から突き出て、右に左に動いています。

「ん？　こんなシーンを、何かで見た事があるな。なんだっけ？　……えーと……そうだ、映画だ。《ジョーズ》だ。……ジョーズ!?」

そうです。鮫《さめ》がやってきたのでした。

「た、大変だ！　食われちまう！」

すると今度はその反対側で、水の跳ねる音がします。見ると、そこにも鮫が。

「二匹も！　……うわあ〜〜〜！」

男は板にしがみつきました。

ところが、鮫は一匹、もう一匹と続々集まってくるのです。ものすごい数です。

「ああ……。鮫の大群に囲まれてしまった。もう終わりだ！　助からない！」

と男はがっくり肩を落とします。やがて、鮫の群れは大きな円を描いて彼のまわりをぐるぐる回り始めました。あまりの数に、海の表面が黒く見えます。その黒い円の右にも左にも、まだたくさんの鮫が黒い変な曲線を描いて泳いでいます。

時々、勢い余った鮫がザザザッと空中に踊り出ます。三角形の尖《とが》った頭。白い腹。パックリと地獄の入口みたいに裂けた口には、鋭いギザギザの歯が並んでいます。男は生きた心地もしません。

「た、た、たすけて……おや？」

見ると、鮫の群れの向うに、さっきの人魚がいるではありませんか。

「そうか……この鮫の大群はあの人魚がけしかけているんだな。くそう、助けるなんて言っておきながら、本当は俺が死ぬのを見物しようってわけか……」

彼は真っ赤に怒って、大声で叫びました。

「この大嘘つきめー！　お前の顔なんか二度と見たくない。どっかへ行っちまえー！」

すると人魚は悲しそうな顔をしてポチャン、と海の中に消えてしまいました。しばらくすると、男をとりまいていた鮫の群れもどこかへ行ってしまいました。

＊

ポツンと上空を飛ぶ飛行機のパイロットが言いました。

「やっぱり気のせいだろう。ひき返そう」

「そうだな」

と助手がこたえました。

「さっき、海の中に、黒い文字でＳＯＳと書かれていたように見えたんだが……」

「意外に全部読めた。短いと、あっという間に読めるもんね」

と陽菜《はるな》は思った。面白いのもあったし、いまいちピンと来ない話もあった。学校の課題の小説にしてはバカバカしいのもあった。ちょっと古臭いなあと思う物語もあった。けれど不思議なのは、その後、タブレットには何のメッセージも出ないのだ。ふつうなら「感想文を書きなさい」とか「この時の主人公の気持ちは？」とか「作者が言いたいことは何でしょう。次の中から選びなさい」などという質問がくるはずだ。

何の設問もないというのは気楽だったけど、それはそれでちょっと不安にもなる。そこで彼女は、学校で友だちに聞いてみた。

「ねえ、あの読書課題のことだけど」

「読書課題？　なにそれ」

「ほら、タブレットに……」

と説明しても、

「え、そんなのあった？」

「俺のにはなかったぞ」

「私も、見てない」

という答えばかり。

たしかに陽菜自身もある日「こんなのあったんだ」と気づいたくらいだから、友だちがうっかり見落とす可能性はあった。でも、揃いも揃ってみんなが見落とすというのはちょっと考えにくい。このオンライン・システムは個人の学習習熟度に応じて課題を出すという触れ込みだったから、陽菜向けに出されたものかもしれない。

本当にそういう課題があったという証拠をみんなに見せたいのだが、一週間の配信が終わるとすべてのテキストファイルも《読書課題・入口》というアイコンも、消えてしまっていた。

「陽菜、夢でも見てるんじゃない？」

と友だちに言われるのはまだしも、

「なんか怪しいサイトにアクセスしちゃったんじゃない？」

と言われると、急に不安になってきた。

ネット詐欺、不正アクセス、コンピュータ・ウイルス、パスワード、個人情報…いろんな言葉が頭の中をぐるぐる回る。最初にタブレットを渡される時、先生に「これは、ちゃんとセキュリティ対策をしています」と言われたものの、不安はある。

（セキュリティ対策なんて、ハッカーなら簡単に破っちゃうのよね。マンガとかアニメだとそうなってる。で、ハッカーはすぐに銀行口座にアクセスして……）

と考え、自分には銀行口座なんかないことに気づいて、少し安心したり……。

そんなことを思いながら歩いていたので、陽菜は学校からの帰り道、突然、

「あの、ちょっとすみません」

と知らない人に声をかけられ、ビクッとした。

「このへんにおもちゃ屋はないですか？」

見知らぬ青年だった。おもちゃを買うほど子どもではないし、子どもを持つ親にも見えない。

「できれば、あまりお客さんが来なくて古い在庫を抱えてるような店がいいんだけど」

なにかお宝の古いおもちゃを探しているマニアとかコレクターの人かな、と彼女は思った。

この街にも、かつて小さなおもちゃ屋さんがあった。陽菜も小さい頃に通ったことがある。そこは、あまりお客さんが来ない…どころか、まったく来なくなり、もうとっくに閉めて現在はコンビニになっている。彼女がそのことを説明すると、

「そうかあ……。ありがとう。ジグソーパズルを探しているんだけどなあ…」

とつぶやきながら青年は去って行った。その姿はどこかで見たことがあるような気がしたけど、彼女には思い出せなかった。

その夜。陽菜のタブレットに再び、

《読書課題・入口》

というアイコンが現れた。

「来たっ！」

うっかり声をあげてしまった。

どうしよう……と彼女は迷った。見なかったことにして、しばらくタブレットを放っておいた。いったん電源を切る。次の時は、アイコンが消えているかもしれない。

とはいえ、以前は毎日配信される話が楽しみだった。またそれを読みたいという気持ちもあった。

一時間ほどして、そーっとタブレットの電源を入れてみた。するとやっぱり《読書課題・入口》というアイコンがあるのだった。

陽菜は、それからさらにまた三十分ほど迷ったあげく、結局、入り口のアイコンをタップした。

Second Week

二週目

1　商売繁盛屋

《商売繁盛《はんじょう》屋》という看板を出している男の所へ、一人の女がやってきました。

「こちらは経営コンサルタントのようなもので？」

「いや、経営内容にはタッチいたしません」

「では、宣伝をしていただける？」

「宣伝広告屋のたぐいでもありません」

男は自信満々な様子です。女は少し考えて、

「私、今度レストランを開店するんですが、先生のお力で繁盛させてもらえますか？」

「おやすいご用です。なにしろ私は福の神ですからな」

「福の神？」

と女は驚いて、男の姿をじろじろ見つめました。

「そう変な目で見ないでください。もちろん福の神というのは、もののたとえです」

たしかに男は昔の絵にある七福神には似ても似つかず、ごくふつうの紳士でした。

「たまにこういう事がありませんかな？　レストランでもショップでもかまいませんが、

お客のいない店に一人の男が入ってくると、どういうわけかそのあとからぞろぞろお客が入ってきて、いつの間にかお店がいっぱいになる」

「見たことがあるわね」

「この最初の男というのは、なにか人を呼びよせる不思議な力を持っているんですな。つまり福の神というわけです」

「なるほど」

「そして私は、特別に強いその力を持っているのです。ですから、あなたが開店するレストランに、私が客として入っていけば……」

「お客さんがどんどんやってくる!?」

＊

ところが、女のレストラン開店の初日、朝から男がずっと来ているというのに、一人としてお客がやってきません。

「大層なことを言ったくせに、このざまはなに？　どうしてくれるのよ！」

「おかしいですなあ。今までこんな事はなかったのに、どうしたことか？　あっ、ひょっとしたら……、あなた過去に、混んでいるお店にいたらいつの間にか他のお客がいなくなって一人だけ取り残される、なんていう経験がおありでは？」

「ある、ある。あれ、気まずいものなのよね」

「やはり！」

と男は絶望的に叫びました。

「あなたは貧乏神なんですよ！」

「え？」

「と言っても、これもののたとえ。あなたは私とは反対に、人を遠ざけてしまう不思議な力を持っているのです。しかも、おそらく私よりも強い力。ですから、一人も客が来ないんです」

女は情けなく訴《うった》えます。

「じゃあ、どうすればいいのよ！」

「うむ、困ったな。なにかいい方法はないものか……そうだ！」

男は拳《こぶし》を握りしめ、女に近づきます。

「な…、なにをするの？」

男はにっこり笑って、女の頭をポカリ。

「う〜〜ん」

女は気絶してしまいました。

しばらくして、ガヤガヤと人の騒ぐ声で、女は目を覚ましました。

「あいたた…。まったくひどい……、あっ！」

彼女は思わず大声をあげました。お店の中はお客さんでいっぱいなのです。

男が得意気に言いました。

「ご覧のように、あなたさえいなければ、私の力でこんなもんです」

「すごいわ。大繁盛ね！」

と女は大喜び。ところがそのうちにお客は一人、二人と帰り始め、やがて水が引くように誰もいなくなってしまいました。

「はぁ〜、やはりあなたの力のほうが強いようですなあ」

と男は呆《あき》れ顔です。

＊

その翌朝、事務所に出かけてきた男を女が待ち受けていました。

「私、あのレストランを売っちゃったわ。だって、私がずっと気絶していなければうまくいかないお店なんてバカバカしくて」

「そりゃそうですな」

「で、私も《商売繁盛屋》を開くことにしたんです」

男は驚きました。

「ちょっと待ちなさい。たしかに、あなたには不思議な力がある。しかし、その力では客を呼べないんですぞ」

「わかっています」

と女は平気な顔で答えました。

「でも、あるお店に雇われてライバル店に入りびたり、そこにお客が寄りつかないようにする――というやり方ならできるでしょ？」

「なるほど考えましたたな。間接的にというわけですか。あなたの力はかなり強いからきっとうまくいくでしょう。まあ、頑張りたまえ」

「はい」

と答えた女はそこを動こうとしません。

「うん？　どうしていつまでもそこに立っているんです？」

女はにっこり笑って、

「今日からしばらくここに通うことにしたんです。まず手始めに私のライバルをつぶしておけば、私の商売繁盛は間違いなしですからね」

2　五人目の男

突然、ドアがあいて、血走った目つきの男がとび込んできました。

「どなたですかな？」

この家のあるじの老人が、驚いてたずねました。

「住んでるのはあんた一人か」

「あ、ああ。そうだが……」

その言葉が終わらないうちに、男はあるじの首にピタリとナイフをあてました。

「オレは宝石強盗をはたらいて追われているんだ。あんたに人質になってもらうぜ」

家の外からは、次々とパトカーのサイレンが聞こえてきます。

「すっかり取り囲まれたようだ。警察め、素早いな」

と強盗はうなります。

「あたり前だ。近くに刑務所があるから、ふだんからこのへんは警官がよく巡回しているんだ。こんな所へ逃げてくるとは、お前さんもバカだのう」

外からは大勢の警官の気配が伝わってきます。メガホンを通して大声が響きました。

――この家は完全に包囲した。人質を解放して、おとなしく出てこい！

強盗はしぼり出すように、

「うぬぬ。絶対に出て行くもんか。よぅし。踏み込まれないようにバリケードを築いてやる」

「そうしよう、そうしよう」

とあるじも同意して手伝おうとします。

「え？」

不思議そうな顔の強盗に、あるじはにやりと笑います。

「実はな、わしはここでニセ札を作っているのだ。警官が踏み込んで来て調べてもらっては困る」

強盗はすっとんきょうな声をあげました。

「近くに刑務所があるんだろ？　それに、たしかとなりは銀行じゃないか！　こんな所でニセ札を作るなんて……」

「そこが盲点なんじゃよ。それに、馴染《なじ》みの警官にたっぷりと鼻薬《はなぐすり》をかがせてあるので絶対に安全なはずだったのに……お前がとび込んできたばかりに……くそう」

とあるじは忌々《いまいま》しそうに戸棚をドンと叩きます。すると、中からガタガタと音がして、戸棚の戸がすうーっと開きました。そこから貧相な顔の男が出て来ます。

「へへへ……今の話、ぜーんぶ聞かせてもらいやした」

「誰だ、おまえは！　なんでそんな所にいる？」

「へぇ。あっしはケチな泥棒でして。留守の間に忍び込んだはいいが、物色しているうちにこちらの旦那《だんな》が帰って来たんで、慌ててここに隠れていたわけでして……」

「なんてこった」

と呆《あき》れるあるじ。

「ニセ札作りにコソ泥か。ひどい家にとび込んじまったもんだ」

とため息をつく強盗。

「みんな警官につかまりたくない、という共通点はあるわけですな」

と同意を求める泥棒。

そこへ突然、

「その警官ならここにいるぞ。強盗め、おとなしく手を挙げろ！」

凛《りん》とした声がしました。

見ると、裏口から忍んで来た一人の警官がピストルをかまえていたのです。

「し、しまった！」

強盗はナイフを捨てました。

ところが泥棒はニヤニヤ笑っています。

「おい、警官。あんた、このニセ札作りの爺さんにワイロをもらってるんだろう」

「な、なんの話だ！」

警官の顔が少し青ざめたようです。

「隠しても無駄だよ。さっき金めの物をあさっているときに、あんたとこの旦那が仲よく一緒に写っている写真を見つけちまったんだよ」

と泥棒は得意気に喋《しゃべ》りました。

「どうやら、バレてしまったようだな」

とこの家のあるじ。

警官もピストルを降ろしました。

「この家の秘密がバレると困るから、本隊突入の前にひとり決死隊を志願してやって来たのだが……」

四人は、なんとも困った顔でお互いを眺めあっていました。そのとき、床下からゴツゴツと音がきこえ、床板が一枚はずれました。ポッカリと開いた穴の中から、ヒゲぼうぼうで泥だらけの顔がひょこっとのぞきます。男はあたりを見まわすなり、くやしそうに言いました。

「しまった、警官がいる！　穴を掘る場所を間違えたか」

「なんだ、こいつは？」

と警官が首をひねります。

「わかったぞ！　おまえ、銀行強盗だな。となりの銀行へ穴を掘るつもりで間違えたんだろ」

と強盗が叫びました。

「いや、あの、その……」

穴の中の男はしどろもどろ。

すぐに泥棒が気がつき、叫びました。

「みんな、何をぐずぐずしてる。早く、この穴に入って逃げるんだ！」

強盗は小躍《こおど》りして、

「そうか。助かった！」

警官も、

「すぐに本隊がくるぞ！」

あるじは、

「それ逃げろ！」

四人は口々にわめいて、男の上からどやどやと穴に入り込んでいきました。

＊

そして数時間後、五人の男達は、おそろいのシャツを着せられ、鉄格子の中にいました。

「元はといえば、おまえが悪いんだぞ」

という強盗に、ヒゲぼうぼうの男が答えます。

「ふん、俺がいつ銀行を狙って穴を掘ってると言った？」

「こら！　そこの五人、うるさいぞ」

と看守がどなりました。

「静かにしろ。宝石強盗、ニセ札作り、泥棒、汚職警官……そして脱獄未遂犯！」

3　コスモスの丘

丘の上のその家は、白や薄紅色に咲き乱れる一面のコスモスの花に包まれて、やがて暮れようとする秋空に浮かんでいるかのようでした。

坂道を、一人の男が登っていました。花の海原の間を縫《ぬ》うように曲がった細い小路を通って、男は丘の中央に建つ家の玄関に着きました。コンクリートと鉄骨とガラスの素材感を生かしたモダンな造り。その無機質さは、かつては新しさを感じさせたものでしたが、時代を経た現在ではむしろレトロ感を帯《お》びていました。

ノックをすると、上品な身なりの老婆《ろうば》が彼を迎えます。

「私は息子さんと一緒に航空宇宙大学を出た……」

と言ったところで彼女の顔はぱっと明るくなり、

「ああ、ああ。覚えていますよ。たしか以前に何度かお出でになった事がありますね。まあ、立派になられて」

男は惑星間ロケットのパイロットでした。彼のよきライバルでもあった親友が事故で亡くなって十年あまり。忙しさの中で出来なかった事故の報告をしに、親友の母親が住む家を訪ねたのでした。

通された応接間からは、窓越しに淡い色彩の絨毯《じゅうたん》のような庭が見えます。

（たしか、昔はこんな庭ではなかったと思うが……）

と男が記憶を探っているところへ、老婆がティーセットを持って入ってきました。

「よくいらっしゃいました。ちょうど息子が帰っている時でよかったです」

（あいつが、帰っている？　どういう事だ）

老婆はにこにこと、ティーカップを男の前に一つ、彼女の前に一つ、そして誰もいない椅子《いす》の前に一つ置いたのです。彼女はそこに話しかけました。

「まあ、嬉しそうな顔をして。まるで子どもみたいですよ。でも、久しぶりに大の親友に会ったんですからしかたありませんかね」

男はその椅子が作る、無人の空間を見つめました。

（幽霊でもいるのか。いや、そんなバカな）

老婆は男と、そして彼の目には見えない息子に交互に話しかけました。その言葉によると、彼女の息子は現在、月周回軌道上にあるプラットホーム・宇宙ステーションに勤務していて、一年に一度この家に帰ってくるということでした。それはたしかに、男たちが航空宇宙大学在学中に運用を開始された人類初の施設で、宇宙を目指す若者たちには憧れの場所でした。現在も宇宙に浮かんでいます。

老婆の自慢の息子は一度だけ、そこに行きました。そして、それが最後となったのです。

（ひょっとしたらこの人は、最愛の息子を亡くしたショックで……）

男は当たり障《さわ》りなく会話に加わりながら、そっと老婆の様子をうかがいました。けれど、おかしな素振りはうかがえません。宇宙ステーションに勤務している息子が現在ここに帰ってきているという一点を除いて、他はまったく自然なのでした。

やはり三人分用意された夕食のあとで、彼女は男に言いました。

「今夜は泊まっていっていただけるんでしょう？　二人で大好きな宇宙の話ができるよう、ベッドは息子の部屋に用意しておきましたよ」

二階の廊下は間接照明のせいでひっそりと、やや暗く感じます。もともと機能的に作られたモダン建築ですが、前に男が来た時は壁に掛けた絵や調度品など、もっと雑然としていた記憶があります。現在は老婆一人で住んでいるので当然とはいえ、それにしてもあまりに生活感がありません。

（なんだか、あいつに関する思い出の品を、注意深く消し去っているようだ）

それは、さきほどまでの彼女の言動とまったく矛盾しているようです。

記憶にある親友の部屋に入ると、

「あっ」

と男は声をあげました。

部屋の中は、壁に貼られたロケットや宇宙の写真、本棚にある星の本、宇宙工学の本、宇宙ステーションの模型、手作りの天体望遠鏡……などであふれていました。彼女は、息子に関する思い出の品を全部この部屋に集中させていたのでした。

二つあるベッドの片方の枕元には一輪のコスモスが飾られています。大きな窓からもれた明かりが下の庭をぼんやりと照らします。そこから、花畑にひそむ虫の音が大きく聞こえてきました。

男は来客用のベッドに転がり、部屋の中を見回しました。

「おまえも宇宙の好きな少年だったんだな」

男は思い出しました。

(おまえとは航空宇宙大学の入学式で初めて顔をあわせた。会う早々ケンカになって、それから逆に親友になった。俺たちはライバル意識を燃やし、いつも二人でトップを争っていた。が、結局、卒業の時はおまえがトップで俺が二番。おまえは月周回軌道上の宇宙ステーションから発射される惑星間ロケットのパイロットに抜擢《ばってき》された。そして、あの事故だ。……あの後ロケットの不備が発見され、結局俺が惑星間ロケットの第一号パイロットとなった。それで勲章《くんしょう》までもらったが、本当はおまえに贈られるべきだと思っているよ。

おまえは今でも、大好きな宇宙のどこかを飛んでいるんだろうな……）

男はとなりのベッドを見ました。無人のままピンと張られた白いシーツの上で、かつての親友がニッコリ笑って彼を見ているように思えました。

翌朝早く。少し肌寒い、さわやかな秋晴れでした。

玄関で、老婆は男を見送ります。

別れ際、男は彼女のとなりの空間に話しかけました。

「夕べは楽しかったなあ」

彼は目を老婆に移します。

「こいつと、夜通し話をしていたんですよ」

「…………」

そして再び男はとなりの、目に見えぬ親友に話しかけます。

「俺も宇宙の話が好きだけど、おまえも好きだなあ。久しぶりに話してたら、学生の頃に
戻ったような気がしたよ」

老婆は男と「息子」とのやりとりをじっと見ています。

「また今度、休暇をとってくるからな。お母さんを大切にしろよ」

と笑いかける男に、彼女は言いました。

「息子は、毎年、庭の花が咲く頃帰って来て、散る頃に出かけて行くのです」

「おまえ、意外に風流な奴だったんだな。じゃ、来年の今頃、また来るよ」

男は老婆と「親友」に別れを告げて歩きだしました。なだらかな丘を下っていく彼の背中に、

「ありがとうございます」

と声が聞こえました。それはたしかに老婆の声だったと思うのですが、男には誰か他の声のようにも聞こえました。一面のコスモスの庭。「コスモス」には「宇宙」という意味があります。男が振り返って見上げると丘の上のその建物は、上空のうっすら白い月の下で、宇宙に浮かぶステーションのようでした。

4　天ぷら

犬のポチがうるさく吠えるので二階の勉強部屋から庭を見降すと、そこに不思議な姿をした男の子がいました。どのくらい不思議かというと、男の子が、時代劇で見る侍の格好《かっこう》をしてキョロキョロしているのです。

私は慌てて階段を駆け降りました。

「何かのロケなの？　カメラはどこ？　その刀、本物？　ちょっと触らせて」

私が刀に手を伸ばすと、彼はすごい形相で私の手を払いのけました。

「触るな！　刀は武士の魂じゃ」

「やだ。そこまでお芝居することないじゃない。あ、もしかしたらドッキリ？」

「カメラ？　ロケ？　……さいぜんから、そなたの言うことはさっぱりわからん。うーむ、その面妖な姿。やはりあれは時穴《ときあな》だったのか」

「時穴？」

「古老《ころう》の言い伝えによると、今の世と別の世をつなぐ時穴というものがあるという」

「時穴、時・穴……タイム・トンネルかしら？　え！　じゃ、あなたは本物の侍？」

「もちろんじゃ」

　私は俄然《がぜん》、興味を持ちました。

「面白い！　そういうのって、マンガとかドラマでよく見るもんね。で、あなたの時代っていつ頃？」

「ドラマ？　……やはりよくわからんが、拙者《せっしゃ》がいたのは天文年間じゃ」

「テンモン？　…私もよくわかんないけど、きっとずいぶん昔ね。その頃の話をしてよ」

「拙者の名は竹千代と申す。今はわけあって囚《とら》われの身じゃ」

「囚われの身って、人質ってこと？」

「……そうじゃ」

　と彼は少し唇をかんでうつむきました。

「かわいそう」

　竹千代くんの話によると、囚われている、いまなんとかというお屋敷の中に小さな洞窟があって、そこに入ったら、なんとわが家のポチの犬小屋に出てきたというわけ。

「ところで、ここはどこじゃな。この賑《にぎ》わいからすると都か？」

「東京よ」

「トウキョウ？……そんな地名は聞いたことがない」

「えーと、昔は江戸といってたところよ」

「江戸？　拙者の頃には小さな町なのだが。そうか、あの地が後に都となるのか」

その時、台所からお母さんが言いました。

「お友だちが来てるの？　今からごはんだから、一緒に食べてもらったら？」

竹千代くんと一緒に食卓につくと、お父さんもお母さんも驚いたようです。でも、私がテレビのロケの途中で寄ったんだって言ったら、あっさり納得しました。

お父さんが話しかけます。

「キミは将来きっと大スターになるぞ。サインをしてくれないか」

「スター？　サイン？　……なんじゃそれは？」

私は、お父さんに慌てて説明しました。

「あ、あの、竹千代くんはまだサインをつくってないのよ」

「そうか。残念だな」

やっとうまくごまかしたのに、今度は竹千代くんが言い出しました。

「奥方。これはたいそううまいのう。なんと申す料理じゃ？」

「オ、オ、オクガタ？」

お母さんはご飯を喉につまらせ、目を白黒させています。そこで私が答えました。

「やぁね、これ天ぷらじゃない」

「天ぷらと申すのか。うん、覚えておこう」

ごはんを食べ終わると、彼はポチの犬小屋に入って元の世界に戻ってしまいました。


その夜、私は珍しく歴史年表を開いて見ました。

「えーと、たしかテンモンとか言ってたわね。……あった！　天文年間は一五三二年から一五五四年まで。あれ？」

歴史年表には、こんな事が書かれていたのです。

《天文十八年（一五四九）　松平竹千代―のちの徳川家康―今川氏の人質となる》

そして、

《慶長八年（一六〇三）　家康、征夷大将軍になり、江戸に幕府を開く》

さらには、こんな事が……。

《元和二年（一六一六）　家康七十五歳で死す。俗説に、死因は天ぷらを食べて胃腸をこわしたことによるとあるが、定かではない》

5　雪男

「うーん。困った」

「どうすればいいのだろう」

「これというのもみんな、あのテレビのお天気お姉さんのせいだ」

「そうじゃないだろう。悪いのは気象庁だ」

「でも、気象庁がお天気を決めているわけじゃないわよ」

人々が一堂に集まり、頭を悩ませていた。この冬もう何度めかの会合だが、いつもきまって「とにかく、もう少し待ってみるしかないだろう」という結論にたどりつくだけだった。

「こんなに雪が降らなくては、スキー客など一人もやって来ない」

「スキー場もホテルも土産物屋《みやげもの》も、つぶれるのを待っていろというの？」

「気象庁は異常気象だと言っておった。なんでも『エル・ニーニョ』とかいうものが原因らしい」

「そいつだ！　そいつを連れて来い」

「はあ？」

「そのニーニョとかいう野郎だ。外国人か？」

「まあ、南米あたりで生まれるらしいから、そう言えなくもないが……」

「そのニーニョを連れて来てだな、『お前はいったいどういうつもりなんだ！』と一発どやしつけてやったらどうだ」

「は、はあ……」

山あいの小さなスキー場と、それをとりまく旅館やホテル、土産物屋の経営者たちが、いつまでたっても雪が降らないことにイラついているのだ。なにしろ雪不足は死活問題だけに、多少の論理の混乱が生じるほどに取り乱すのもしかたないと言える。

しかし、こればかりは誰に悪態《あくたい》をついたところで、人間の力ではどうすることもできない。結局、人々は毎日うらめしく、青々と晴れあがった空を見上げるのだった。

そこへ、

「雪を降らせてあげましょう」

という男があらわれたのだ。

自信たっぷりなその男を、人々は驚きと期待と疑いの入りまじった目でながめた。

「私は、雪男なんです」

それを聞いて、誰かがあわてて猟銃を取りに行こうとした。

「違います、違います！　イエティと呼ばれるあの雪男ではありません」

と男は説明した。

「世の中には運動会、遠足、旅行……どんなときでもその男が参加するときまって晴れになるという『晴れ男』がいるでしょ。その反対の『雨男』というのもいる。それと同じ意味で、私は『雪男』なのです」

その言葉を完全に信用したわけではないが、人々はとりあえず彼に頼んでみることにした。とにかく、ほかには何の方法もないのだ。少しでも望みのありそうなものは試してみよう——という気持ちになったわけだ。

それに雪男の報酬は、

「旅館に泊めてくれて毎日飲み喰いさせてくれればいい」

というものだったので、たいした出費ではなかったのだ。

＊

「あのう……雪男さん」

「ん？　なんだ」

昼近く、自称・雪男はふとんから起きあがった。ゆうべの酒が残っているのか、頭が少しくらくらする。

「……ちょっと、むかえ酒でももらおうか」

という男の言葉が聞こえないふりをして、旅館のあるじは言った。

「雪男さん。あんたがここへ来てからもう三日になる。ところがその間、雪ひとつちらつくわけでもない。空は毎日、バカみたいに晴れ上がっている。これはどういうことなんです？」

「なあに、あせることはない。雪は必ず降る」

ときっぱり答え、彼は声をひそめた。

「実はな、私にはこういう物があるのだ」

彼が胸元から出してみせたのはペンダントだった。それは透明で、細長く、ちょうどつららをポキリと折ったようにみえた。

「なんです、それは？」

「今から五年前、私は雪山で道に迷ったことがあるんだ。寒いし、食べ物もなく、ふらふら。だんだん日が暮れて来て、『ここで死んでしまうかもしれない』と思ったその時、吹雪の中に一人の女の人が現れた」

「女？　そんな山の中に？」

「雪女だ。あ、この場合は、晴れ女・雨女というあれじゃなく、正真正銘の『雪女』だ。彼女に下山の道を教えてもらってようやく私は助かったというわけなんだ」

「へえ……」

「その雪女は、ものすごくきれいでね。肌の色は雪のように白く……あ、あたりまえか。とにかく、目がすいつけられるような美人なんだ。彼女のことをどうしても忘れたくないんで、私は別れぎわにそっと、雪女がつけていたこのペンダントを持ってきてしまったんだ」

「命を助けてもらいながら、なんというマネを！」

「あのときはついフラフラと…」

「雪女は怒っているでしょう」

「だろうね。私が今こいつを持っているのを知ったら、雪女が必ず取り戻しに来るはずだ。雪女が来れば当然、吹雪になる。しかも怒っているから相当ハデに雪を降らせるはずだ。だから、もう少し待っていれば必ず雪女がやって来て、ここに雪を降らせるというわけだよ。心配はいらない」

「はあ……」

＊

ところが、それから一週間たっても雪が降る気配はまるでない。さすがに人々も「これはサギではないのか」と怒りだした。

「やい、やい、やい！　雪男の野郎！」

一番気の短い土産物屋のおやじが腕まくりをして乗りこんで来た。

「てめえ、てきとうなことを言ってタダ喰いをしようっていう魂胆なんだろう！」

「そ、そんなことありません。このペンダントさえあれば必ず……」

「そんなことではだまされんぞ！」

と、おやじはそのペンダントを奪い取った。

「ふん。なにが雪女のペンダントだ。こんなものはただのガラス細工じゃないか！」

と、それを窓の外へ放り投げる。

「あっ、何をする！」

雪男はあわてて外へ走り出た。

ところが、そこには殺気だった町の人々が待ち構えていた。

「私たちが困っているのにつけこんで、『雪を降らせましょう』などと言って近づいてくるとは、あんたはとんでもない男だ」

「いや、そうじゃない。返して下さい。そろそろ、ペンダントを取り返しに雪女が来そうな予感が……」

「ふん。こんなもの、二度と取れないようにこうしてくれる」

と、一人の男がペンダントを深い古井戸に投げこんでしまった。

……………………………………………………………ポチャン。

「あ！」

「さあ、とっととこの山をおりていけ！　今まで飲み喰いした分を請求されないだけありがたく思え」

殺気だった男たちにすごまれて、自称・雪男はすごすごと山を降りていかざるをえなかった。

＊

それから二日後。山に待望の雪が降った。

「やったぞ。これでスキー客が来る！」

人々は喜んだ。しかし、その喜びもつかの間だった。雪はその日からえんえんと降り続け、一向《いっこう》にやもうとしなかった。大量の雪は、町に通じる唯一の道路を閉ざし、スキー客などただの一人もやって来ることができなかった。

「なんてことだ。これではただつぶれるのを待つばかりだ」

と人々は、今度はいつまでも雪の降りてくる空を見上げ、やはりうらめしそうにため息をついた。

その空の上で雪女が、

「困ったわ。ペンダントを取り戻したいんだけど。あんな井戸の底にあるんだもの……」

と悩み、足ぶみを続けているとも知らずに。

6　寒い日の二人

——《週末には、大陸からの寒気団が大きくはり出し、日本列島は、この冬一番の寒さにつつまれるでしょう。とくに、山間部ではかなりの積雪が見込まれるため、厳重な注意が必要……》

「おい。音が大きい。ラジオを切れ」

「へい」

スマホのラジオを切ると、あたりを静寂《せいじゃく》が満たす。ときおり、ビルの谷間をふきぬける北風がびゅうとうなりをあげる。深夜のオフィス街に人影はない。

よりかかっているビルの壁から、冷え切ったコンクリートの感触が伝わってくる。

「う〜〜寒い」

闇に隠れて、二人の男が銀行の裏口を見張っていた。

「ボス。いったい、いつまでここにこうしているんですか」

「あのガードマンがいなくなるまでだ。もう少し辛抱しろ」

手下の男はコートの襟をたててつぶやいた。

「こんなに待つんだったら電気コタツでも持ってくるんだった」

「バカだな、お前は。こんなとこでコタツにはいってどうしようっていうんだ。オレたちは今からあの銀行を襲おうっていうんだぞ！」

「しーー。ボス、声が大きい」

二人はお互いの口に人差し指を立て、あわててあたりを見まわした。幸いなことに、北風が声をかき消してくれたようだ。

「金を手に入れたら、車で山小屋へ向かうんでしょ」

「そうだ。ほとぼりがさめるまでそこに閉じこもる」

「なら、車に電気コタツを積んでくればよかった……」

と手下はなおも未練たらしく言う。

「しつこいな、お前も。山小屋に電気はないんだ」

「じゃ、せめて石油ストーブでも……」

「いらん、いらん。そんなものを用意するより、少しでも車のスペースをあけて、現金をたくさん積んだほうがいいだろ」

「そりゃまあ、そうですが……」

「お、見ろ」

ボスが指差した。見ると、銀行の裏口にいるガードマンが立ちあがっている。

「見まわりに出るんだ。オレの調べによるとあと一時間は戻ってこないはずだ。今のうちにしのびこもう」

＊

二人は大きなケースを持って裏口に走った。通用口の錠をあけて、銀行の中に入る。暗く、ひんやりとしている。なんとなく不気味だ。

「さあ、こっちだ」

二人は金庫の前に立った。

「こいつを開けるんですか」

手下は不安そうな顔。だが、ボスのほうは自信たっぷりに、

「大丈夫だ。実はな、前に銀行強盗をして失敗したことがある。いや、強盗そのものは成功したんだが、そのあといやな奴にかかわって失敗した」

「いやな奴って？」

「いや、いいんだ。思い出したくもない。それに懲りて、今回は極秘ルートからこの金庫のダイヤルの番号を手に入れておいたというわけだ」

と言いながら、メモを片手にダイヤルを左右にまわす。

キリキリ……。キリリリ……。やがて、ピンという音がして、

「開いた！」

金庫の扉をあけると中は札束の山、山、山……。

「うひゃ〜〜！」

「ガードマンが戻ってくるまでにもう一往復できるぞ。早くカバンに札束を詰め込むんだ！」

＊

——《この事件の捜査は難航しており、警察はさらに現場付近での聞き込みを中心に捜査を続けていく方針で……》

プチン、とラジオをきった。

「ウヒヒ……。警察め、ざまあみろ」

「おいらたちが現金の山と一緒に、こんな山小屋にいるとは気がつかないでしょうね」

「ああ。あのボンクラどもとは頭のできがちがうんだよ」

ボスは窓の外を見た。吹雪《ふぶき》がふきあれ、外は暗い。そまつな窓ガラスがガタガタとゆれている。

「それにしてもすごい吹雪だな」

「天気予報があたりましたね」

「今のうちに、食料をまとめて取ってきておこう」

ボスは表へ出た。少し離れたところに、食料貯蔵用の倉庫があるのだ。

ところが、それから十分たっても二十分たってもボスが帰ってこない。さすがに三十分も待つと、

「へんだなあ。いくらなんでも遅すぎる」

と手下は外へ出た。

「わ。すごい吹雪だ！」

雪は横からたたきつけるように襲ってくる。あたり一面、雪に埋もれている。手下はペンライトをつけ、食料倉庫のほうへ歩き出した。

「ボスーー。ボスーー、どうしたんです」

雪に足をとられながらやっと倉庫にたどりついた。すると、そのそばで雪が大きく崩れていた。その下はちょっとした崖になっている。

手下はそこをのぞきこんだ。

「ボスは、ここから足をすべらせて落っこちたんだ！」

＊

「う、うーーん……。あ……ここは？」

山小屋の中で、ボスは目を覚ました。

「気がつきましたか。よかった。ボスは雪の中で倒れて気を失っていたんですよ」

「……そうか、あのとき、足をすべらせて」

「放っておけば凍死するところでしたよ」

「よく助けてくれたな。ありがとう」

「ボス、まだ唇が青いですよ。さあ、もっと火にあたって下さい」

山小屋の中は、いろりで赤々と燃える火で暖かった。

「すまんな」

とボスは、まだぼーっとした頭のまま炎に手をかざす。すると、以前にもこんな風に火にあたっていた記憶が蘇《よみがえ》ってくる。たしかあれは銀行強盗に成功したあと……、

「おい！　お前まさかキヌタじゃないだろうな？」

「キヌタ？　タヌキ？　……ボス、なに言ってるんですか」

「そうか……、ああ、すまん。ちょっと混乱してしまった」

安心して火にあたりながら、ボスは目をこらして叫んだ。

「おい、この火は！」

手下は申しわけなさそうに答えた。

「しかたなかったんですよ。なにしろコタツも、石油ストーブもないですからね。とにかく部屋を暖めないと、ボスが死んでしまいそうだったもので……」

いろりでは、お札の山が赤々と、暖かそうに燃えていた。

7　春風のドレス

一番最初に生まれた春風の妖精たちは、ピンクのドレスを着ている。

太陽の光が、やさしくあたたかくふりそそぐ南の入り江。ゆったりと、揺れては返す波の雫がその光を反射してキラキラと輝く。だから、海からたちのぼる蒸気は、どれもその中に小さな太陽を宿している。そんな入り江で、最初の妖精たちが生まれるのだ。

やわらかく、うすく、透《す》きとおりそうなピンクのドレスを何枚も重ねてまとっている。彼女たちは波間に遊び、おたがいをつつきあったり、くすくすと笑いあったりしてひとときをすごす。そして時が来ると、一人一人北へ向かって飛んでいく。

海ぞいの街並みの上を、ゆっくりと飛んでいく妖精がいる。ある妖精は山すそをぐるっとまわりながら、北へと飛び続ける。また、小さな庭のひとつひとつを、たんねんに訪ねながら飛んで行く妖精もいる。

ところであなたは、まだ肌寒い空につきだした樹々の枝を見たことがあるだろう。葉っぱを落とし、長い冬の風にさらされた黒いシルエット。まるで、空をつかもうとしてのばした大地の両手のようだ。そんな樹々の間を、春風の妖精がふわりと通り抜ける。

すると、彼女のつけているピンクのドレスが枝のあちこちにひっかかる。妖精が通り抜けたあとには、ひきちぎれた彼女のドレスの切れ端が枝のあちこちに残っている。蕾《つぼみ》だ。

蕾はやがて時がたつと美しいピンクの花を咲かせる。

こうして、春風の妖精たちはあちこちの木の枝に蕾をつけながら北へと飛んで行く。飛んで行くうちに、彼女たちのドレスはしだいにボロボロになっていく。それでも妖精たちは飛ぶことをやめようとはしない。それが彼女たちのつとめなのだから。

＊

ピンクのドレスをつけた妖精たちが北へと飛んでいるころ、南の入り江では赤いドレスを着た春風の妖精たちが生まれる。続いて黄色いドレスをつけたもの、淡い紫のドレスをまとったもの、あざやかな白いドレスの妖精たちも生まれる。彼女たちもやがて、次々と北へむかって旅立っていく。

赤いドレスの春風が通り抜けた木の枝には赤い花の蕾が、黄色いドレスの春風が触れて通った草木には黄色い花の蕾がつく。こうして、春はしだいにその美しさを増していくのだ。

＊

国中に花を咲かせながら、春風の妖精たちはそのドレスをボロボロにしつつ北へと向かう。

やがて彼女たちは終着駅にたどり着く。これより北は一年中冬将軍が居すわっているという、春風の終着駅だ。

ここにたどりついたとき、生まれたときにはあんなにふんわりとしていた妖精たちのドレスは、どれもみんな無惨《むざん》なほどズタボロにひきちぎられている。しかし、ここまでやって来られただけでも幸せと言えるかもしれない。妖精たちの多くは、途中でおもわぬ北風にさえぎられたり、なかばにして力尽《つ》きて消えてしまったりするのだから。

だが、彼女たちのおかげで国中にはすでに花が咲きこぼれ、春はその香りをせいいっぱいまき散らしていた。

＊

さて、北国の入口にたどりついた妖精たちもやがてここで力尽き、消えてしまう。ある者はまだ雪の残る草原で、ある者は陽だまりの片隅にうずくまり、静かにそのつとめをおえる。

あとにはドレスだけが残る。ボロボロに破れてはいるけれど、美しいベールのような春風の妖精たちのドレス。ピンク、赤、黄色、白、青……と、どれもすっかり淡い色になったドレスが、いくつも残されるのだ。

北国の人々はそうして残されたドレスをたんねんに拾い集める。さまざまな美しい切《き》れ端《はし》を集め、それをていねいにほぐしていく。

ほぐされたドレスは、再び、今度は一枚の大きな布に織り直される。それは薄い薄いベールで、さまざまな淡い色がおりなすとても美しい一枚の布となる。明かりのかげんで微妙に色を変える、光りの帯のような布だ。

これができあがるころには、北国の遅い春も、はや夏に近づこうという時期になっている。

北国の人々は、長い旅をおえて力尽きた春風たちと、またここまでたどりつけずに消えてしまった春風たちのことを思い、広場に大きな火を焚《た》く。妖精たちの魂が天に届くようにと、高く、高く、赤い炎を燃えあがらせる。

その炎の中に、春風のドレスで織《お》った大きな布を放り込むのだ。

不思議なことに、そのベールは燃えることなく炎の中にふわりと浮かぶ。そして、パチパチとはぜる火の粉とともに、高く、高く、天へとあがっていくのだ。

＊

やがて、初夏となる。その美しいベールは夜空にあらわれ、北国の人々のやさしい心づかいを見護るように輝くのだ。
それは、オーロラと呼ばれる。

今度も毎日、陽菜《はるな》は楽しく読んだ。やっぱり前回と同じように、面白い話もあれば、ピンと来ない話もあった。あんまり現実的じゃないなあと思う犯罪の話もあった。もうちょっと長くてもいいのにと思う話もあった。

そしてこれもまた前回と同じように、一週間分の配信が終わると小説のファイルは消え、入り口のアイコンも消え、そして何のメッセージも設問も出てこない。今のところ、サイバー犯罪とかハッカーとか、なにかそういう犯罪の感じもしない。

「ひょっとして、まだ準備中のコンテンツが、間違って表に出てしまったのかもしれない」

と彼女は考えた。

「たとえば、次のテストに使う予定の課題小説だったとか？」

陽菜は飛び上がった。

「だったら私、次のテストは満点かも！」

喜んだものの、よく考えたら、そこからどんな問題が出るのかわからないので、あんまり役に立ちそうもなかった。

「やっぱり先生に聞いてみよう」

そう思いながら学校に向かっている時、話し声が聞こえた。

――あの時は、あやうく凍《こご》え死ぬところだった。

――でも命は助かったんだから感謝してくださいよ、ボス。

(ボス？　実際にそんな呼び方をする人がいるの？　なんか、ドラマとかマンガの中みたいで、あんまり現実的じゃないなあ)

声がした方を探すと、建物と建物の間の狭い通路、エアコンの室外機が並んでいる日陰に、二人組の男たちがいた。

(ハッ！)

その姿は見たことがあった。いや、見たことはなかったのだが、見たことがある気がしたのだ。彼女は建物の窪みに身を隠し、こっそり二人の声を盗み聞いた。その行動こそが、「ドラマとかマンガの中みたいで、あんまり現実的じゃない」のだけれど。

――命は助かったが、せっかく盗んだお札が全部燃えてしまった。

――あ、でも五百円玉は残りましたよ。ほら、八千五百円。

――バカ！　それっぽっち。

――いらないんですか。じゃ、おいらが。

――誰がいらないと言った。半分ずつだ。ほれ…お前が四千円。オレが四千五百円。

――ボス、半分って…。

――ゴチャゴチャ言うな。

（うふふ……）

と笑いそうになり、陽菜はあわてて自分の口に手をあてた。

――ん？　誰かいるのか？

（しまった！）

陽菜は身を固くして、じっとした。

――なにも聞こえませんよ。気のせいじゃないですか。

――……そうか。実はな、古道具屋で凄いブツを手に入れたんだ。

――じゃ、それを売っぱらいましょう。

――いや、そいつを使ってデッカイ盗みをはたらく方法を思いついたんだ。持ってくるから、お前は例の地下室で待ってろ。

――へい。

（…………）

陽菜は息を殺していた。が、それからは何の声も聞こえない。

しばらく待ってそっと覗き見ると、すでに二人組の姿はなかった。反対側の出口からどこかへ去っていったようだ。

「………ふぅ」

彼女の心臓はまだドキドキしている。頬が火照っているのも感じる。

「なんだか、この前読んだ話の中に出てきた二人組みたい。でも、どういうこと？　あれは小説でしょう。それとも本当にあった話なの？　ノンフィクションとかドキュメンタリーってやつかな……あっ！」

と彼女は急に思い出した。

「そういえば、前にジグソーパズルを探していた男の人に会ったけど……」

あの青年もひょっとしたら、前に読んだ物語の中で悪魔とか魔女が描かれたジグソーパズルを探していた人じゃないかしら？　そんな、まさか……。

その夜、彼女のタブレットにまた、
《読書課題・入口》
のアイコンが現れた。
今度はすぐに画面をタップした。

Third Week

三週目

1　世界で一番美しい虹の話

雨があがったね。

虹《にじ》が見える。ほら、あそこだ。見えるかい。遠くの山の、深い谷の上に大きな虹が架《か》かってるだろ。

山の緑から立ちのぼる水蒸気をたっぷりふくんだ美しい虹だ。きれいだろう。

あんなきれいな虹は見たことがないって？　そうだろう。あれは、世界で一番美しい虹とよばれてるんだ。

あの谷に、どうしていつも美しい虹が架かるのか——実は、これにはちょっとした話があるんだ……。

＊

「ねえ、ねえ。ちょっと予定をオーバーしてるんじゃないかい」

天使がやって来て、雨の妖精に言った。

空のずっと上。灰色の雨雲の中だ。

天使は小さなノートをぺらぺらとめくった。

「えぇと……この予定表によると、キミが雨を降らせるのは昨日までで、今日からは晴れの精と交替することになってるよ」

しっとりと濡れたような長い髪。雨の妖精は天使の言葉に力なくうなずき、長い睫《まつげ》を伏せた。

「ごめんなさい。わかってはいたけれど、つい……」

「天の神様に見つかると叱《しか》られちゃうよ」

「すみません。……交替します」

雨の妖精は悲しそうな様子で謝った。

すると、その美しい姿はすうーっと、まるで空気の中に溶けこんでいくように消えてしまった。同じように、さっきまで降っていた雨もいつの間にかやみ、雨雲はするすると流れ、消えていた。

かわりにあらわれたのは一人の若者だった。日に焼けた、たくましい肌をしている。

「あ。晴れの精さん」

天使は、その若者に言った。

「予定より遅れた分、せいいっぱい輝いて、ぬれた地面を乾かして下さいね」

ところが、いつもは笑顔で答える晴れの精もどこか元気がない。

「いったいどうしたんです。あなたまで……」

　天使の問いに、晴れの精は答える。

「実は、ぼくたち、恋をしてしまったんだ」

「恋？　ぼくたちって、あなたと……まさか！　まさか、まさか……雨の妖精さんと？」

　晴れの精はうなずいた。

「その、まさかなんだ。キミも知ってるように、ぼくたちは天の神様の命令に従って交替で働いている。ぼくがあらわれているときには雨の妖精は消え、雨の妖精があらわれているときにはぼくが消える。そういう運命だ」

「そりゃしかたないですよ。晴れの日があって、雨の日がある。雨の次にはまた晴れがある。そうやって決まっているから草木や動物、人間たちも安心して暮らせるんです。二人が同時にあらわれたらお天気がメチャメチャになってしまう」

　晴れの精は、そんなことはわかってるよ、というふうにうなずいた。

「晴れから雨、雨から晴れに移りかわるとき、ぼくたちはほんの少しだけ言葉を交わせる。そこで少しずつ二人の恋がめばえ、そして今では、そんな短い時間では満足できなくなってしまったんだ」

＊

それからのお天気は、晴れから雨、雨から晴れに移るとき、時間がかかるようになった。最初は少しだった。それがしだいにのびていった。

二人が少しでも長い時間逢《あ》っていられるようにと、神様に内緒で天使が見て見ぬふりをしてくれたのだ。

晴れの精と雨の妖精のデートはだんだん長く、数多くなった。雨がやんだかと思うと日が差し、そうかと思うとまた雨が降るというお天気が続く。晴れていながら雨が降るという――つまり『キツネの嫁入り』というお天気が多くなってきた。

しかし、それはやがて天の神様にバレることとなった。

「おまえたちは天気をメチャメチャにする気か！」

神様は怒った。

「これからは、わしが直接雨を降らしたり、晴れさせたりする！　もう、おまえたちに用はない！」

神様は怒りのあまり、二人を山の姿に変えてしまった。

「山ならば動くこともできん。話をすることもできんだろう」

晴れの精と雨の妖精は二つの山になった。しかもその間には深い深い谷川が流れ、二つの山をくっきりと区切っていた。

＊

そのときから、今もずっと、お天気は天の神様が変えている。しかし、なにしろこんなに怒りっぽい神様のことだから、ちょっとしたことで晴れが何日も続いたり、毎日毎日雨ばかり降らしてみたり——今みたいに気まぐれな天気になってしまったのだ。

それでも、天の神様にもいいところはある。あの天使が、

「神様、あの二人、永遠に話もできないんじゃ、あまりにかわいそうじゃないですか」

と言うのをきいて、心の中では反省したらしい。

だから神様は、雨を降らせたあと、ときどき二つの山の間にある谷の上に、きれいな虹を架けてやる。その大きな美しい虹の根元は、晴れの精と雨の妖精の山とにしっかりと届いている。二つの山にこの七色の橋が架かっている間、二人は結ばれ、心をかよいあわせることができるのだ。

＊

ほら。見えるかい。あの虹だ。

二人の気持ちがさめない証拠に、虹の色はいつも鮮やかで、なかなかさめない。

あの谷に架かる虹が世界で一番美しいのには、実はこんな理由があったというわけなんだよ。

2　ハルマゲドン顛末記《てんまつき》

そもそもは、機械に対する中途半端な信用が原因であった。

当時、すでにコンピュータはありふれた存在となっており、その性能は驚くほど高度になっていた。演算速度は超高速になり、ＡＩやディープラーニングと呼ばれる学習機能も向上していた。

それにもかかわらず、人は依然として機械やコンピュータを人間より一段低いものと位置づけていたのだ。

いわく、

『計算能力はすばらしいが、創造する能力はとうてい人間におよばない』

いわく、

『最終的な判断、決定はやはり人間にまかせるべきだ』

いわく、

『塩づけの牛肉の缶詰』

失礼した。最後の説明は〈コンピュータ〉という項目の近くにある別のデータであった。

人間が持つ創造力にせよ判断力にせよ、ユーモア感覚ですら、実は多くの経験によって得られたデータから選び出される最良の一パターンにすぎない。これはコンピュータの原理となんら変わるところがないのである。

＊

年齢五十四歳。背は高いが、そのぶん横にも大きい某国の国防庁長官も、機械を信用しない男の一人だった。

「わが軍は、ひとつ判断を間違えれば世界を破滅に追いやるほどの軍事力を持っている。機械を妄信することなく、われわれ人間の頭で考え、判断し、行動しなければならん」

これが彼の口癖《くちぐせ》であった。

全国土、海上に配備している戦闘機、ミサイル、ＩＣＢＭなど……その集中管理、統制をおこなっているのが国防庁の誇る中央コンピュータ《ＭＣＩ・Ｕ-３３０２》であった。非常に優秀なシステムで、緊急時における判断能力も持っていた。

むろん、それはきわめて安全性の高いものであった。金や酒、女はもちろん、出世欲や嫉妬《しっと》などの人間心理によって判断が狂わないという点では、むしろ人間よりも信用がおけた。

しかし長官はこれを信用しなかった。彼いわく、

「讖滓「ｰ縺ｪ繧薙□縺九·i繧√→繧薙·i縺九?逅?罰縺ｫ繧医▲縺ｦ隱､菴懷虚縺吶k蜿ｯ閭ｽ諤ｧ縺後≠繧」

失礼した。いわゆる文字化けだ。ちゃんと変換すると、こうなる。

「どんなに性能が向上しようと、しょせん機械だから、なんらかの理由によって誤作動する可能性がある」

長官は自分のスマホで時々この手の文字化けに遭遇したので、いまひとつコンピュータ・システムを信用をしていないのだった。たしかに、誤作動の可能性はゼロではない。それは正しい。

そこで彼は、彼自身の声によってのみ、非常時の「スクランブル（緊急発進）」が決定できるように、ＭＣＩ・Ｕ-３３０２のプログラムを改造させたのである。

中央コンピュータは長官の声を記憶した。その音声認識回路はすぐれたものだった。他人が長官の声をまねても決して作動せず、逆に本当の長官の声なら電話を通しての命令でも、風邪を引いた時のかすれ声でも作動するという正確さだった。

「これで、コンピュータの誤作動による戦争突入は避けられた」

――と、長官は満悦であった。

これが悲劇の第一の原因だった。

そして第二の原因は、彼がグルメを自任していることにあった。

いわく、

『料理の味や知識について詳しいこと』

いわく、

『まったりとしてこくがある』

いわく、

『南西ヨーロッパから西アジア原産の落葉高木。仮果《かか》と呼ばれる実の種子（仁）を食用にする』

失礼した。最後の資料は〈グルメ〉という項目の近くにある別のデータからであった。

この長官は自宅に料理番を雇《やと》っていた。ある時そこへ新しい料理番として送りこまれたのが、敵国の女スパイであった。女スパイといえば美人で、息をのむほどのプロポーションで、セクシーというタイプを想像するものだが、このスパイはみごとに相手のウラをかいていた。

彼女が長官の家で働くことになった一日目の朝であった。

「なんだ、これは」

テーブルに出された皿を見て、彼は言った。

「はあ……」

　女スパイはおそるおそる答える。

「……卵ですけど」

「卵はわかっている。しかし、これは目玉焼きではないか？」

「ええ。……いけませんでしたか」

「ゆうべ言ったはずだ。私が欲しいのはスクランブルド・エッグだ」

「スクラップ・エッグ？」

「違う。スクランブルド・エッグ」

「スラップスティック・エッグですか？」

「おまえ、無理に間違えてないか」

　長官の顔がしだいに、怒りで赤くなる。

「いいか、卵二個と牛乳大さじ一杯、塩小さじ四分の一、それにコショウ少々をよくまぜる。熱したフライパンにバター小さじ二杯を入れて全体にいきわたらせてから、それを流し入れる。弱火にして、かきまぜながら加熱する。そして、八分目まで火が通ったら皿にうつす。……どうだ、わかったか！　これがスクランブルド・エッグだ」

「ああ。いり卵ですね」

「いり卵ではないっ！　スクランブルド・エッグだ。ス・ク・ラ・ン・ブ・ル！」

女スパイは今度は聞き返さなかった。彼女の任務はすでにこれで終わったからである。

このあとの説明は不要かもしれない。

彼女は、録音された長官の『スクランブル』という絶叫を、中央コンピュータにきかせたのである。これによって飛び立った戦闘機は、あらかじめ用意されていた敵国の爆撃機と鉢合わせする形となった。

戦争をはじめる口実としては、それで十分であった。古今東西、戦争というものはいつも現場の小競《こぜ》り合《あ》いから始まる。両国はすぐに交戦状態にはいった。局地戦から、ミサイル攻撃。やがて核兵器の使用までに、さほど時間はかからなかった。

ハルマゲドン（最終戦争）であった。

＊

いかになんでもバカバカしい経緯だ、と思うだろう。だが、人が引き起こす大事件の発端は、往々にしてこんなものなのである。

前にも述べたとおり、悲劇は機械を全面的に信用しなかったことにあるのだ。

コンピュータは完全無欠である。計算力、記憶力はもとより、判断力、創造力、ユーモアをまじえた文章力においても、人間よりすぐれた存在なのである。なにしろ、こうして私が完璧なかたちでハルマゲドンの顛末記をあらわすことができるのだから。今はなき人類たちに代わって。

?ｭ?｣?ｩ繝ｷ?ｵ-?難ｼ費ｼ撰ｼ占送縺

失礼した。いわゆる文字化けだ。ちゃんと変換すると、こうなる。

ＭＣＩ・Ｕ-３４００著す

3　パラレルの二人

「ぬひひひ……。いいものを手に入れたぞ」

男が、大きな包みをかついで階段をおりてきた。

「ボス、なんです。いいものって」

と手下がきいた。

ここは、とある地下室。この二人組は泥棒や強盗といった悪事をはたらいて生きているのだ。今もまた、なにやらよからぬ計画をたてようとしているらしい。

「見ろ」

ボスが包みをほどくと、そこに現れたのは古めかしい鏡だった。楕円《だえん》形の鏡のまわりを、伝説上の動物や悪魔などの彫刻をほどこした木の枠が囲っている。

「ボスもオシャレだなあ。この鏡で身だしなみを整えてどこかへ出かけようというんですかね」

「バカ。お前、ちょっとこの鏡にさわってみろ」

「はあ？　……」

なんだかよくわからずに、手下は鏡にむかって手をのばした。彼の手の指と、鏡にうつった指とがしだいに近づきあう。その二つがピタリと合った瞬間、彼の指は鏡の中にすうーーっとすい込まれた。

「あひゃひゃひゃ……！」

手下はあわてて手をひっこめた。

「ボ、ボス。こ、こ、これはいったいどうなってるんですか？」

ボスはニヤリと笑って答える。

「お前、『パラレルワールド』というのを知ってるか？」

ボスは説明した。

「オレたちが住んでいるこの世界のほかに、ここととそっくりだがほんの少しだけ違う別の世界が無数にあると言われている。たとえば、この世界ではお前は泥棒や強盗をはたらいているケチな野郎だが、別の世界では大金持ちかもしれん。あるいは大スターかもしれない。そういうのをパラレルワールドと言うのだ。つまり、今とは別の『世界線』だ」

わかったのかわからないのか、手下はポカンとして聞いている。

ボスはさらに言った。

「その中の一つの世界に、この鏡を通り抜けて行くことができるのだ。こいつは中世の頃から、『魔法の鏡』と呼ばれて伝わってきたものだ。古道具屋でホコリをかぶって眠っていたのを、オレが見つけてきたのだ」

「はあ……。で、これをどう使うんです？」

「わからん奴だな。えいっ」

とボスは手下の背中をドンと押した。

「あっ…と、と、と……」

手下は前によろけて、その勢いで鏡にぶつかり――いや、ふつうの鏡ならぶつかるところだが、なにしろ魔法の鏡だ。手下はそのまますっと鏡の中に入ってしまった。

不思議な光景だった。鏡のこちら側には誰もいないのに、鏡の中では一人の男がこっちを見ているのだ。念のために鏡の裏側をのぞいてみても、やっぱり誰もいない。

――あれ？　ボスはどうして鏡の中にいるんです？

「バカ。鏡の中にいるのはお前のほうだ」

――へ？

「いいか、お前はいまからそっちの世界で金目のものを盗むんだ。人に見られたって、お巡りに追われたっていい。気にするな。盗んだものを持ってこっちの世界に戻ってしまえば、絶対につかまらないというわけだ」

――なあるほど、ボスは頭がいい。

「この前はせっかく札束をごっそり盗みながら、山小屋で失敗しているからな。今度こそうまくやるんだ。行ってこい！」

――へい。

鏡の中の手下はスタスタと歩いて、部屋を出ていった。

＊

それから数時間後。

鏡の中から声が聞こえた。

――ボス～～！

見ると、手下がなにやら大きな袋をかついで、ドタドタとこっちに向かって来る。

「おう。なにか盗んできたな。さあ、早くこっちへ戻ってこい」

と、手下の男の後ろからドドドと二人の男が駆けこんでくるのが見えた。

「お巡りだ！　追われてるんだな」

ボスは叫んだ。

「早くこっちへ来い――！」

――ボス～～、助けて～～！

手下は必死で走って来る。

そのあとからせまる警官。

警官の一人が拳銃をぬくのが見えた。

「危ない！」

——ボス〜〜！

手下は向こうから鏡にとびこんだ。と同時にズバーンという拳銃の音、そしてガシャーンと鏡の割れる音がした。

手下は袋を持ったまま、ボスの足下に倒れていた。鏡は粉々にくだけ散っていた。

＊

「う、う〜〜ん……ハッ。ここは？」

手下はベッドの上で目をさました。

「心配するな。オレの知りあいの病院だ」

と安心させ、ボスは独り言のようにつぶやいた。

「しかし、鏡の向こうの世界はこっちとそっくりなようで、やっぱりどこか違ってるんだな。お巡りがいきなり心臓を狙って拳銃を撃ってくるなんて……」

「心臓！」

手下は驚いて胸に手をやる。

「大丈夫だ。撃たれたのは右胸だったから、助かったんだよ」

「右胸？」

不思議そうな顔の手下に、ボスは言う。

「鏡の中の世界はすべてこっちとは左右が逆。奴らが右にあると思っている心臓を狙って撃ってくれたおかげで、お前は助かったというわけだ」

「へえー、そうですか。いやあ、右と左が逆でよかった。本当によかった。ね、ボス」

「まあな」

とボスはさえない顔。

「喜んで下さいよ。だって、そのおかげで、おいらの命は助かったし、ほら、こんなに大金が……」

と手下はベッドの横にある袋をひっくり返した。その中からはドサドサと、左右が逆に印刷されたお札が……。

4　イチゴジャム

女の子は、大きなバスケットを持って山へ出かけました。野イチゴを摘《つ》みに行ったのです。おばあちゃんの大好きな、野イチゴのジャムを作ってあげようと思ったからです。五月の山はとっても素敵です。小鳥はさえずり、草や木は生き生きと背のびをしています。でも、どうしたことか、その日はあまり野イチゴが見つかりません。

女の子は知らず知らずのうちに、山の奥まで入っていました。

「お嬢ちゃん」

ちょっと甲高《かんだか》い変った声に、女の子は呼びとめられました。あたりを見まわすと、苔《こけ》のはえた石の上に、全身金属の洋服を着た小さな人が立っていました。

「あなた……森の妖精さん？」

と女の子は絵本を思い出して尋ねてみました。

「いいえ。私は、この地球から二百万光年ほど離れた星からやってきました。さらにもう百万光年先の星に行く途中で、円盤が故障して不時着してしまったのです」

つまり、宇宙人です。しかし女の子には、言っている内容がよくわかりません。それよりも、太陽の光をあびてキラキラ光る相手の体の方に興味を感じたのです。

「機械でできているの？」

「いえ。これは気密服です。私たちの星は地球の何万倍という気圧があります。だから、気密服を脱ぐと私の体は何万倍にもふくれあがって死んでしまうのです」

やっぱり女の子には、何のことだかよくわかりません。

「ところで、こわれた円盤を修理するのに地球でいう石英という鉱石が必要なのです。このあたりで石英のあるところを知っていませんか？」

「セキエイ？」

「ええ。水晶とも呼ばれているそうですが」

「水晶！」

はじめて意味のわかる言葉が出てきたので、女の子の顔は明るく輝きました。

「水晶なら知ってる。この道の先、大きな栗の木のある横をおりると小さな池があって、そのほとりにあるわ。私の秘密の場所なんだけど、特別にあなたにおしえてあげる」

「どうもありがとう。これで再び飛び立てます」

と宇宙人は大喜びです。そして、ふと女の子のバスケットに目をとめ、尋ねました。

「それには何が入っているのですか？」

「野イチゴよ。おばあちゃんに野イチゴのジャムを作ってあげようと思うんだけど、まだカゴの半分しか集まらないの」

女の子はその中味を宇宙人に見せました。

「こりゃ驚いた！　私たちの星でも、これと同じ種類の植物をジャムにして食べているんですよ。そうだ……」

宇宙人は小さな円筒形の容器をとり出しました。

「これが、私たちの星のイチゴジャムです。石英のある場所を教えてくれたお礼に、これをあげましょう。きっと、おばあちゃんのお口にもあうと思いますよ」

その容器を女の子に渡すと、宇宙人はガサガサと繁《しげ》みの中に入っていきました。

「本当なのよ。本当だったら、おばあちゃん」

「ホッ、ホッホッ……」

おばあちゃんは、小さな丸いメガネ越しに女の子を見ながら笑っています。

「野イチゴがあまりとれなかったからって、そんな作り話で言い訳なんかしなくてもいいんだよ。わたしは、おまえがイチゴジャムを作ろうと思ってくれただけで嬉しいんだから」

「作り話なんかじゃない。だって、その人に、ほら、これをもらったんだもの」

女の子は円筒形の容器をさしだしました。

「この中にイチゴジャムが入っている？　おおかた中にカエルでも入れてて、わたしをビックリさせようというんじゃろ。そんなことにひっかかりはしませんよ」

おばあちゃんは笑いながら、その容器の赤いボタンを押しました。プシュー……と小さな音がして、フタが開くと、

「ひぇ～～～～～！」

容器からドッとあふれ出し、何万倍にもふくれあがった真っ赤なイチゴジャムは、あっという間に部屋いっぱいになり、ジャムでベトベトになったおばあちゃんと女の子を、窓から外に放り出しました。

5　そっくり

「もしもし、お嬢さん」

と呼びとめられて、女は振り向きました。

「なにかご用ですか」

「実は私、とある王国のものです」

太っちょの男は、女の耳元でなんだか長ったらしい国名を告げました。

「聞いたことのない国ね」

「ええ。ごくごく小さな国ですから」

「で、私に何のご用？」

「今すぐ、わが国に来ていただきたいのです」

と男はその理由を説明します。

「わが国王は長い間、病気で臥《ふ》せっておいでなので、ご存命のうちに王位を譲っておこうという事になったのです。ところが、お子様は王女お一人だけ。そこで女王誕生の反対派が、遠い血縁にあたる男をかつぎ出して争いはじめたのです」

「童話で読んだことがある話ね。で、あなたは王女様の味方なわけ？」

「もちろんです」

「でも、そんな遠い国の王位争いと私にどんな関係があるの」

「それが大いに関係あるのです」

と男はさらに話を続けました。

「今からひと月前。反対派の男が王女様を撃ったのです」

「まあ！」

「幸い、命に別状はありませんでした。しかし、二、三ヶ月はベッドから起きあがれないのです。ところが、王位を譲る戴冠式《たいかん》はひと月後に迫っている。王女が出席できなければ敵の思うつぼです。そこで、あなたにわが国に来て頂きたいのです」

「そこんとこがよくわからないのよね。どうして、私が必要なの？」

「あなたの顔は王女様にそっくりなのです。ですから、身替《みがわ》りに戴冠式に出てもらいたいのです」

「そ、そんな……」

「王女を撃った犯人は逃げました。そいつを捕まえて、見せしめのため牢屋にぶち込んでやれば、敵も手出しをやめるでしょう。それができないなら、たとえ身替りを使ってでも戴冠式を決行しなければなりません。どうか私と一緒に来て下さい」

と男は女の腕を引っ張ります。

「ま、待って！　きっとバレるわ」

「いいえ。私が見間違えたぐらいです。決して誰にもわかりません」

「だけど…、あとひと月の間に反対派が私を殺そうとするのでは？」

「当然そうするでしょう。もちろん、私たちはできる限りお守りしますが……」

「じょ、冗談じゃないわよ！　そんな危険なところへ、誰が行くもんですか！」

「無理にでも来てもらいます」

男はピストルを出しました。

「王女様の顔にそっくりだったのが運命だと思って、あきらめなさい」

ところが、女はニヤリと笑って答えました。

「気の毒だけど、その計画は失敗よ」

女はポケットから、青い液体の入った小さな罎《びん》を取り出し、その中味を一気に飲みました。そして、その場にしゃがみ込みました。しばらく体を震わせていた彼女が立ちあがり、その顔を見た男は驚いて叫びました。

「あ！　そ、その顔は……」

なんと、そこにあるのは、さっきまでとはうってかわった男の顔だったのです。

「ハハハ……。驚いたようだね。実は私は男なのだよ」

勝ち誇るように、さっきまで彼女だった彼は言いました。

「私は化学者だ。ジキルとハイドの話にヒントを得て、長い間、男から女に変わる薬を研究していたのだ。むろん、持って生まれた性は変えようがないが、ホルモンなどの作用で外見だけは変えられる。今日、やっとその薬が完成したので、早速、自分で飲んでみたのだ。その効き目は、キミが私を女だと思いこんだほどの大成功だった」

あんぐりと口を開けている男に、化学者はさらに言いました。

「キミが用があるのは、王女とそっくりな顔を持つ人間だろ。だが、見ての通り、元に戻った私の顔は全然違う。つまり、もう私には用がないというわけだ」

しかし、立ち去ろうとする化学者の背中に、男はピストルをピタリとつけました。

「わが国へ来るんだ」

「どうしてだ。今の私に何の用がある？」

「今のお前の顔、王女を撃った犯人にそっくりなのだ。国に連れて帰り、見せしめのため、一生牢屋暮らしをしてもらう」

6　主人公

ビルの一角で《心療内科》の看板を出している診療室へ、一人の男が訪ねてきました。

「お昼休みにやってきてすみません。診てもらえますか」

大きな机の向こうに、白衣の女が座っています。

「あ。ここは女医さんですか」

「女の医者だと信用できません？」

「いえ、とんでもない」

「今、受付のコが食事に出ているので、自分でその椅子を持って来て座って」

彼女は冷たく言い、机の上に広げてあった読みかけの本を片隅に押しやりました。

男は自分の腕をまくりました。打ち身や切り傷があり、痛々しく見えます。

「実は、このケガのことなんですが……」

「ちょっと待って。ここはノイローゼなどの心の病を治すところですよ。外傷ならば外科病院へどうぞ」

「そうじゃないんです」

と彼は突然、ケガとは関係なさそうな話を始めました。

「私は本を読むことがとても好きなんです。読んでいるうちにすごく熱中してきて、自分がその小説の主人公になったような気がしてくるんです」

「それは別に珍しいことではありませんね。主人公と自分を重ねあわせるのが、本を読む最大の楽しさといってもいいでしょうから」

「でも、私の場合はそれがちょっと度を越しているんです」

と彼は少し恥ずかしそうに続けます。

「まったく小説の主人公になりきってしまうんです。実は、ゆうべもSFのスーパーヒーロー物を読んでいて、私は主人公の気分になりきってしまったようで、勢いよく窓から飛び出し、気がつくとこんなケガをしていたんです」

「主人公になった時のことは覚えていないんですか?」

「ええ。まったく。なにかのショックで我にかえり、気づくんです」

と彼は、これまでに『刑事』『スパイ』『剣豪』などになったつもりで何度も失敗をしでかした事を話しました。そして、

「私、今度、結婚するんです。こんな妙な癖というか病気というか、そういうものがあると向こうに知れたら、婚約はパア。だから結婚までに早く治そうと思うんですけど、なん

だかだんだん小説へののめり込み方がひどくなるようで……」

「ははあ、おそらくそれですね。あなたは自分の病気について、フィアンセに知られたくない、知られたくないと心配ばかりしていませんか？」

「はい。願ってもない縁談なんです。絶対に壊したくないんです！」

「そういう強い心の負荷が、かえって症状をひどくしているのです」

「では、どうすればいいんでしょう」

彼女はちょっと考えてから、微笑んで、

「フィアンセをポカリと殴りなさい。逆療法です。そうすれば心の負荷がなくなって病気は良くなります」

「でも、そんな事をしたら破談です」

「大丈夫。殴った後で、彼女に、ここに電話させなさい。あなたの症状のことには触れずに、私がうまく説得してあげますから」

「実は、これからデートなんですが……」

「それはいいわ。すぐに実行しなさい」

「で、でも、そんなにうまくいきますかね」

「医者の言うことは信じなさい！」

「は、はい！」

と男はとびあがり、部屋を出ていきました。

それから三十分ばかりたって、診療室の電話がけたたましく鳴りました。

「はっ！」

彼女は驚いて電話に出ます。

「もしもし……はい。そうです。……え？　いいえ、そんな男の人はここに来ていません。ええ、たしかです。……なんですって？　まぁ、婚約者であるあなたをいきなりポカリ？　それはひどい。別れなさい、別れなさい。そんな男と一緒になることはない。……え？　いいえ！　絶対に、この診療室に来たことはありません！」

受話器を置いて、彼女は慌《あわ》てて白衣を脱ぎます。

「私、またあの病気になってたみたいね。先生が食事から帰って来る前に、偶然、電話で我にかえってよかったわ」

と彼女は机の片隅に押しやっていた読みかけの本——一人の女医を主人公とした物語——を片付け、受付のデスクに座りました。

7　石油をわが手に

「石油のなる木を見つけたって本当ですか」

太っちょの男が首筋を撫《な》でながら研究所にとびこんできました。

「首をどうかしたのかな」

と応対に出た博士がたずねました。いかにも博士らしい白衣を着ている。

「ここの玄関で変な虫に刺されましてね。上から落ちてきたんですよ。すぐに払いのけて踏みつぶしましたけどね。だいたい、このまわりに奇妙な木や草がいっぱいあるからあんな変な虫がいるんですよ」

「仕方なかろう。植物を研究するのがわしの仕事なんだから」

たしかにこの建物の庭にはさまざまな植物が植えられ、うっそうと茂っていました。裏庭には温室があり、そこでも珍しい植物が育てられています。庭だけでなく、家の中にも所狭《ところせま》しとさまざまな鉢植えが置かれています。博士はその中から、一つの植木鉢を選びました。背の低い小さな木の枝に、白っぽい花がいくつか咲いています。

「これはオーストラリアのユーカリの木の一種だ」

「というと、コアラが葉っぱを食べるという？」

「ああ。一口にユーカリと言っても、百メートルを越すこともある巨大な木から、こんな小さなものまで六百種類以上もあるのだ」

と博士は説明を始めました。

「もともとユーカリには、石油によく似たテルペン系の炭化水素が含まれていることがわかっていた。ほれ、たまにオーストラリアで山火事があると、いつまでたっても消えないじゃろ？　あれはユーカリに油分があるからじゃ」

「なるほど」

「そこでわしはオーストラリアの奥地まで行って、ついにこれを探し出してきたんじゃ。この木の花の蜜《みつ》には高純度の石油そっくりの成分が含まれているのだよ」

男は覗《のぞ》き込むように顔を植木鉢の花に近づけました。

「くんくん……。たしかに油っぽい臭いがする！」

「これまでユーカリの木から油分を抽出しようとする試みは何度も行われてきた。しかし、問題はその方法じゃ。木の葉を大量に集めて搾《しぼ》っても、たかがしれておる。それに、次に葉っぱが茂るまで待たなければならんから効率が悪い」

「たしかにそうですね」

「ところがこの品種ならば、蜜を搾れば石油が手に入るのだ。いちいち木の葉を刈り取らずにすむ。これを大量に植えて育てれば、木の寿命が続く限り花は毎年咲く」

「つまり、石油は毎年収穫できる？」

「その通りじゃ」

「素晴らしい！」

「だが、わしにはそれが面倒でなぁ……」

と博士はわざとらしく欠伸《あくび》をかみ殺します。すると、男は勢い込んで言いました。

「そ、それならこの木を私に売ってくれ！」

「わしの研究に援助をしてくれるきみの頼みだ。売ってやってもいいが……」

博士は男をジロリと見て続けました。

「……ちと高いぞ」

「どんなに高くても買う。買うぞ！」

と男は強く言います。たしかに、半永久的に石油が手に入るならどんなにお金を払ったとしても損はないでしょう。

そこで博士はとてつもなく高い金額を示しました。それでも男は喜んで承知しました。

そして植木鉢と、箱にいっぱいの種を大事そうに抱えて出て行きました。

＊

すると、奥へ通じるドアが静かに開いて、冷たい表情の女が現れました。

「うまくいったようね。あの男は必死になって木を育て、大々的に増やすでしょう」

博士はうなずいて、部屋の隅にある木箱を指差しました。

「この中にはユーカリの木と一緒に見つけてきた特殊な蜂が巣をつくっている。この蜂だけが石油の混じった蜜を運び、ハチミツならぬハチオイルをつくるのじゃ。面倒な栽培はあの男に任せて、あんたは花が咲いたときに蜂を放すだけ。あとは寝ていても石油がどんどんたまる」

「けれどあの男、花の蜜が減ることを不審に思わないかしら」

「なに、それでも花の中に少しは石油が残るから、あの男はそんなものだと思ってせっせと木を育てるじゃろう」

「気の毒ね」

「だな。だから、この蜂を買えばあんたはボロ儲けだ」

女は小さく首を振って答えました。

「ボロ儲けは博士の方でしょ。あの男にはユーカリを売りつけておいて、私には蜂を売りつけてるんですもの」

そうは言ったものの女は満足して大金を払い、蜜蜂の巣である木箱を抱えて帰って行きました。

＊

彼女の姿が完全に見えなくなると、博士はニヤリと笑いました。

「バカな女め。あの蜂の群れの中から女王蜂を抜いて、わしがちゃあんと持っているんじゃよ。働き蜂は女王蜂のところへ蜜を運ぶものなのだ。ユーカリと蜂を売って間抜けな二人に育てさせ、わしは石油を手に入れる。これぞ一石三鳥じゃわい。ヒヒヒ……」

それから博士は急に猫撫で声で、

「さてさて、わしの可愛い女王蜂は……」

と隠してあったガラス壜《びん》を取り出しました。が、中はからっぽ。

「フタがはずれてる！　どこへ逃げたんだ？　あれがいなければ働き蜂がやってこない。石油が手に入らない……あっ！」

博士はなにかを思い出して叫びました。

「あの太っちょの男、玄関で変な虫に刺されて踏みつぶしたって言ってたが……」

今週分の話を全部読み終えて、陽菜《はるな》は思った。

「やっぱり、あの二人組はそうだった！」

以前たしかに「古道具屋」という言葉を聞いたから、間違いない。今度もまた彼らの犯罪はうまくいかなかった。けれど一度会っているので、彼女は妙に親近感を抱き、最後は「残念！」とすら思ってしまった。

「でも、これってどういうこと？」

自分の部屋で、彼女は考え込む。

「あの二人組は物語の中から出て来て私の前にあらわれ、また物語に戻って行ったってこと？　そんなこと、ありえるの？」

「ありえるんじゃやな」

突然声がしたので、陽菜はビックリした。

いつの間にか部屋の中に、見たことのない男がいた。まぎれもなく不審者だが、彼女が大声を上げなかったのには理由があった。知っている人物だったからだ。

「あなたは……博士ね？」

白衣を着たその男はうなずいて、後ろ手に持っていたユーカリの鉢植えを出して見せた。

「きれいな花だろ？」

陽菜は机の上にあるタブレットを見た。さっき物語で読んだ博士が、いま目の前にいるのだ。タブレットと博士を交互に見るというコントみたいな行為を、彼女は三回も繰り返してしまった。

「物語の中の人がどうしてここに？　これは魔法のタブレットなの？」

彼女は少し気味悪く、机の上のタブレットを見た。

「いや、ごく普通のタブレットじゃよ。大切なのはあんたが読んだということだ」

「読んだということ？」

「タブレットだろうとスマホだろうと紙の本だろうとなんでもいい。人は物語を読むことではじめて、そこに出てくる登場人物を知るだろ？」

「ええ」

「それは逆に我々登場人物側からすれば、人に読まれることではじめて、その人の世界に存在するわけじゃ」

「ああ、そういうことになるのか」

「書かれたままずーっと読まれない気分というのは、辛いもんだぞ」

登場人物側の気持ちなんてものをこれまで考えたことがなかったので、彼女は驚きながらも、納得してしまった。

「だから物語の中の我々はいつも、誰かに読まれるのを待っているのだ。今回あんたに読まれたのが嬉しくて、お礼を言いにきたんじゃ。ありがとう」

博士は丁寧に頭を下げた。つられて陽菜も頭を下げる。

「どういたしまして……ということは、あの失敗ばかりしている二人組も、それからいつか会ったジグソーパズルを探してた人も？」

「みんな同じじゃよ。あんたに読まれたことで、あんたの世界に存在することができた。もし書かれたまま誰にも読まれなければ、我々はいないのと同じ。逆に、多くの人が読んでくれれば、多くの人の世界に存在するわけで、それはつまり世の中に存在するということじゃ。ホームズ先輩のようにな」

「ホームズ先輩？」

「シャーロック・ホームズじゃ。知っているだろ？」

「名探偵でしょ。もちろん知ってます」

「あの物語は長年にわたって多くの人々の間で読まれてきた。おかげで名探偵シャーロック・ホームズは誰もが知る存在になった。たとえばあんたは、小さい頃に一回会っただけの親戚のオジサンやオバサンなぞより、ホームズの方をより詳しく知っているのではないかな？」

　そう言われて陽菜は、遠くの親戚のオジサンやオバサンのことを思い出そうとした。けれど、どんな人だったか、なんの仕事をしているのか、なんだか輪郭がぼんやりしてハッキリしない。それに比べてホームズの方はクッキリと思い出せた。

「実は親戚のオジサンの方が架空で、ホームズは実在しているのかもしれんぞ」

「そんな、まさか……」

　と思ったが、陽菜はまるっきり否定することもできなかった。

「これは小説に限ったことではないぞ。絵本でもマンガでもアニメでもゲームでも……登場人物というのはみんな、誰かに読まれたり見られたりすることではじめて世の中に存在する。読む人の数が多いほど、多くの人の間で共通する存在になる。誰もが知っているのだったら、それはもうほぼ実在しているようなものではないか？」

　たしかに大好きなマンガのキャラクターは実在する友だちみたいに思う。同じマンガを読んでいる人の間では共通の存在になるから、「あの時ああだったよね」「こんなこと言ってたよね」と話すこともある。それはもうキャラクターではなく、実在しているみたいなものかもしれない……と彼女は思った。

「でも、わかったようでよくわからない。実在するとか、世の中に存在するとかっていうのはあくまで比喩《ひゆ》というか、頭の中でというか、言い方の問題でしょ。こうして実際に博士と会うってのはどういうこと？　私、幻を見てるの？」

その時、タブレットからポンと音がした。見ると、また《読書課題・入口》のアイコンが現れ、点滅している。

「一緒に行ってみれば、あんたにもわかるじゃろう」

「一緒に行ってみる？」

博士は陽菜の手を取った。

「さあ」

「え？」

彼女の指を自分の指と重ねて、博士はアイコンをタップした。

博士の姿が一瞬で薄くなり、ぐにゃりと揺れた。いや、博士だけではない。陽菜の眼には、部屋の中の光景が同じように薄くなって見えた。もちろん彼女自身の姿も。

「ああ〜〜〜〜」

Fourth Week

四週目

1　リトマス入社試験

ある会社の新入社員面接会場。

真新しい紺のスーツを着込んだ学生たちが何十人と並んでいます。

面接担当の社員が学生たちに説明しています。

「キミたちはいずれも筆記試験をパスした優秀な人たちだ。これから面接で採用者を決定する。しかし、わずか数分間の面接で人間性がわかるはずもない。担当者の個人的な好き嫌いなども入るかもしれない。それではキミたちの不満も残るだろう。そこで……」

と彼は小さな細長い紙切れを取り出して、学生たちに見せました。

「これは、わが社が極秘に開発したリトマス試験紙だ。リトマス試験紙は知っているだろう？　そう。酸性だと赤、アルカリ性だと青に変色する紙だ。その原理を応用したのがこの《善悪判定リトマス試験紙》だ。

悪い事をしようとする人間は体内のリンパ液や血液に微妙な成分の変化が生じ、それが唾液《だえき》に出てくるのだ。そこで、この善悪判定リトマス試験紙をなめれば善人は白、悪人は黒に変色する。文字通り〈白黒をつける〉というわけだ」

＊

「あの善悪判定リトマス試験紙は、実はわしが開発したのだ」

隣りの部屋からその様子を覗きながら、博士は言った。

「え？　わ、わ、私、このお話の中に入ってるの？」

彼女はキョロキョロと周囲を見回す。ごく普通の会社の、ごく普通の部屋だ。隣の部屋にいる学生たちも社員たちも、とりたてて変わったところはない。今なぜここにいるのかは別にして、彼女のいつもの世界と違いがないのだ。

自分が博士と一緒に物語の中に入ったのか、それとも彼女の日常の中でこの物語が進行しているのか、よくわからない。

「物語の中の人物が現実世界にあらわれようと、現実の人間が物語の中に入ろうと、どっちだって同じじゃよ。本を読むというのは、そういうことだからな」

「じゃあ、私はいまこの物語を読んでいる、ってこと？」

「そうじゃ。物語の中に入って、体験しながら読んでいる」

「ふ〜ん」

彼女は興味深そうに周囲を見回した。

「ちょっと外に出てみてもいいですか？」

「もちろん」

二人はどこかへ出て行ってしまった。

隣りの部屋で、物語は続く。

＊

「今年は面接のかわりに、キミたちにこれをなめてもらう。そしてもちろん、善人だけを採用する」

こうして入社試験がおこなわれました。

そして、それから一年近くたったある日。会議室に、重役たちが集まって相談していました。

「この一覧表を見たまえ。去年の新入社員たちの働きぶりをまとめたものだ」

と営業部長はふくれっ面です。

なぜなら、新入りたちの業績がパッとしないからです。今までのお得意様を他の会社にとられたり、実施中の計画を中止してしまったりというミスも目立ちます。

各部からの非難を浴びて、人事部長は答えました。

「彼らは人間的にはとてもいいのだが、仕事のほうはパッとしない。考えてみると、この競争の激しい世の中で会社の利益を上げるには、まるっきりの善人ではいけないんですな。

時にライバルの裏をかくこともあれば、ハッタリも必要。善人にはそれができない。そこで今年は、最終面接に残った学生たちにやはり、リトマス試験を実施し、今度は、黒になった者だけを採用しようと思っております」

＊

かくして、その年は一癖《ひとくせ》も二癖《ふたくせ》もありそうな学生たちが採用されました。

彼らはたしかに、めざましい働きをしました。儲けを得るためなら多少の非人道的行為も辞さない仕事ぶりです。しかし、ワイロを使った露骨《ろこつ》な取引や犯罪すれすれの強引な商売によって、世間では会社の悪評がたちはじめました。

「これではわが社の社会的イメージが悪くなる一方だ」

と総務部長が苦い顔をします。

「消費者の不買運動も起きかねないぞ」

と営業部長。

「どうして、もう少しましな新入社員を採用しないのだ」

再び人事部長に非難が集中します。

「ご心配なく。今年こそは素晴らしい人材を確保します」

と彼は自信たっぷりに答えました。

「今年は二枚のリトマス試験紙を使います。一枚は今までの《善悪判定リトマス試験紙》、そしてもう一枚はあらたに開発した《未来予測リトマス試験紙》です」

「なんだそれは？」

と誰かが質問します。

「原理はこれまでと同じです。すばらしい人生を送れる人間がこれをなめればバラ色に、つまらない人生を送る人間がなめれば灰色に変わります。文字通り〈バラ色の人生か灰色の人生か〉を知るというわけです。

今年は、一枚めで黒に、二枚めでバラ色に変色した学生だけを採用します。つまり、仕事をバリバリやって多少悪どいこともしますが、未来はバラ色だとわかっているので大丈夫。わが社の未来もバラ色ということですな」

「すばらしい！」

「最高だ！」

「わが社の未来は約束された！」

出席者は口々に人事部長をほめたたえました。

＊

ところが、それから一年後。彼らはなんとも情けない顔で会議室に集まっていました。

会社が明日にでも倒産してしまうからです。

「たしかに、あのリトマス試験紙の判定は正しかったのだろうが……」

と誰かが去年の新入社員たちのことを、ため息まじりにつぶやきました。

会社のお金をそっくり持ち逃げし、個人的にはバラ色の人生を送っているに違いない彼らに恨みをこめて……。

2　白い小さな雲

わたしには、どうにもわからないことが三つあります。いえ、世の中のいろんなできごとの中でわからないことがたったの三つだけ、というわけではありません。

ざっと考えても三万三千三百ぐらいはわからないことがありそうですが、その中で三つだけ、昔からふしぎでしょうがないことがあるのです。

その一。コウモリはいつもさかさまにぶら下がっていて、頭に血がのぼってぼうっとしたりはしないのか。

その二。テレビで見る麻薬Gメンは白い粉をちょっとなめてみて「うん。これは麻薬だ」と言います。そこのところはとってもカッコいいのですが、いつもあんなことをしていて本人が中毒になりはしないのか。

そして、その三。運動会とか、なにか大きな行事のたびに、空にたくさんの風船がぱぁーっとはなされます。あの風船たちは、いったいどこに行ってしまうのだろう。大空のどこか雲の片隅に、風船のお墓みたいなものがあるのでしょうか。

こどものころ絵本で読んだ『ゾウの墓場』というお話を思い出します。あのゾウたちのように、風船もその皮にシワがよってしぼんできたら、しずかに、自分たちのお墓のほうへ飛んでいくのでしょうか……。

＊

「天使長さま！　天使長さま！」

白い雲の上。あたり一面に綿あめが浮かんでいるような、ふわふわとした天使の国です。

小さな羽根を背中につけた天使たちが、ワイワイがやがやと飛びながら集まってきました。

「どうしたというのじゃ。騒がしい」

雲と同じ真っ白いヒゲをつけた天使長は、むっくりとおきあがりました。ポカポカとしたお日様をあびて、雲のベッドで昼寝をしていたところなのです。

――お客様です。

――見たことのないお方です。

――赤い洋服をきています。

と天使たちは口々に言いました。

「ちょ、ちょっと待ってくれ。いっぺんに言われてもわからんぞ」

天使長は起き上がって、今まで自分が寝ていた雲のベッドを両手でポン、ポン、ポンとたたきます。まるでパンかなにかをこねているように雲のかたちをととのえ、端っこのほうの雲をひとかたまりちぎって反対の端っこにくっつけます。そうしてベッドを、楽ちんそうな椅子の形に変えて、そこにどすんと腰かけました。

「誰か、順序だてて話しておくれ」

一人の天使が進み出て説明しました。

「さっきみんなで、東の雲で遊んでいたんです。そしたら、風に乗ってふんわりと、見たことのないお客様がいらっしゃったのです。赤くて丸っこいお方でした」

「赤くて丸っこい？　……はて」

天使長は首をひねりました。

「天使の国へやってこれるのは妖精ぐらいなものだが、どうやら違うようだな」

「話しかけても返事をしてくれません」

「ふうむ……。まあ、とにかく行ってみるかな」

＊

天使たちに案内されて、天使長は東の雲にやってきました。

ふわふわとした雲の上は、まぶしいほどに真っ白です。その中に、ぽつんと赤いものが浮かんでいました。これはもうまるで、お弁当の白いご飯の真ん中にある梅干し、白紙答案につけられた大きな赤いバッテン、白衣の看護師の団体に囲まれたサンタクロース……目立つのです。

「おお、この方かな。ようこそ、天使の国にいらっしゃいました」

と天使長はあいさつをしました。けれど返事はかえってきません。

それもそのはず。赤くて丸いお客様とは『風船』でした。たぶん地上で放した風船がふわふわとあがってきて、この雲の中に迷いこんだのです。

「あまりお見受けしたことのないお方だが、どちらからいらっしゃったのかな」

赤い風船には白い文字で、《町を花でいっぱいにしよう》と書かれています。その下にヒモがついていて、ヒモの先には花の種がはいったビニール袋がついているのですが、天使たちにはそれがなんだかわかりません。

天使長は一所懸命あいさつをします。

「なにかご用があっておいでになったのでしょうか」

そばでながめていた天使たちが、いろいろと口をはさみます。

――はずかしくて赤くなっているんじゃないでしょうか。

――疲れていてしゃべりたくないのかも。

――怒っているのかな……。

天使長が言います。

「まあ、こんなところではゆっくりとお話もできません。どうぞあちらの広い雲のほうへ……」

そのとき、風がぴゅうと強くふきました。雲のじゅうたんの一部がちぎれて、舞いあがります。と同時に、赤い風船はふわぁ〜〜と浮かびました。

——あっ。そっちではありません。

——どうぞこちらへ。

あわてた天使たちが、飛びあがって風船のまわりを囲みました。と、その中の一人が持っていた金の弓矢の先が風船にふれます。

バァーーン！

音をたてて風船ははじけました。

——ど、どうしたんだ！

——なんだ今の音は？

——消えてしまったぞ！

さわぐ天使たちをたしなめて、天使長は言いました。

「いや。赤いお方は亡くなられたのだ。見ろ、これがそのなきがらだ」

天使長は、雲の上にとびちったゴムの切れ端と、ヒモ、ビニール袋を指さしました。

「わたしたちがあんまりワイワイと言って取り囲んだのがいけなかったのだ。悪いことをした」

みんな、申し訳なさそうに頭を下げます。

「どうかな。みんなでこの方のお墓を作ってあげては」

＊

やがて、天使の国から小さな雲がひとつ、切り離されました。その雲には、はじけた風船のゴムと花の種が埋められています。

お日様の光をうけて花の種は雲の中で芽をふき、すぐにぐんぐんと育ちます。そして雲いっぱいにきれいな花を咲かせます。花は、やがて種をまき散らして枯れます。その種がまた雲の中で芽をだして、美しい花を咲かせます。

こうして、この白い小さな雲は何度も花を咲かせ、何度も種を散らしながら、もう何年も何十年も地球のまわりをまわり続けているのです。すべて雲の上でのことなので、残念ながら地上の人間からは見えませんが。

＊

ほら、春になると露地《ろじ》の片隅とか空地《あきち》の端っことか、コンクリートの割れ目とか、今までそんなもの見たこともない場所にひょっこりと小さな花が顔をのぞかせていることがあるでしょう。

　あの小さな白い雲からこぼれ落ちた花の種が、あちこちで花を咲かせているからなのです。

博士と彼女が道を歩いている。

「どうかな?」

「物語の中って、私たちの世界と似ているところもあれば、ちょっと違うところもあるし、全然違ってヘンテコなところもある。面白い!」

「そうじゃろう、そうじゃろう」

彼女はふと足元を見た。

「あ、こんなところに花が」

街の中の舗道だが、コンクリートのひび割れにきれいな花が咲いていた。

「ふう〜ん」

と博士は空を見上げた。

彼女も空を見上げた。

白い小さな雲が、青空をゆったりと流れていた。

さらに二人が歩いていくと、前方にどこかの駅が見えてきた。

3　顔なじみの二人

一人の男がいた。男は、駅から吐き出される人の流れの中に割りこんでいった。

「ちょっとすみません」

声をかけられ、女が迷惑そうな顔で振り向く。

「……どなたでしょうか？」

「私だよ、ほら、私」

と男は、つけていたマスクをずらして自分の顔を指差す。

女はその顔をじっと見て、何かを思い出したように叫んだ。

「ああ、親戚の叔父さんじゃない！」

「思い出してくれたかい。そうだよ」

「どうしたんですか？」

「ちょっと財布を落としてしまってね。すまないけど、いくらかお金を貸してくれないか」

「もちろん、いいですよ」

男は金を借りると、「今度返しに行くから」と言って人ごみの中に消えた。女も安心して、どこかへ歩いていった。

ところがしばらくすると、その男は再び駅前にあらわれた。そして今度は、恰幅《かっぷく》のいい紳士に声をかける。

「やあ、やあ、やあ、久しぶり」

紳士は男の顔を怪訝《けげん》そうにながめ、やがて安心した表情になる。

「……おお。誰かと思ったら、学校の同級生だった秀才クンじゃないか」

とおそらくは学生時代のニックネームで呼ぶ。

「元気だったか、懐かしいなあ」

「うん、懐かしい。実は、財布を落としてしまってね……」

と男はさっきと同じようなことを言い、またいくらかの金を借りた。

やはり同じように安心した表情の紳士が去っていくと、男はまた別の人に声をかけた。

「ちょっと、そこの方……」

「……おや、店長さん。こんなところで会うとは」

「実はですね……」

×　×　×

「やあよかった。ここで会うとは…」

「え?……課長じゃないですか。どうしたんです?」

「すまん、実は…」

×　×　×

「やあ!　元気かい」

「失礼ですがどなたでしたか……あ、師匠」

「実は…」

こうして男は、十人ばかりの相手から次々と金を借りていく。

＊

さっきからその一部始終を見ていて、

「私、あの人知ってる」

と彼女は博士に囁《ささや》いた。

「……でも、おかしいな。あの人、仲間がいると思うんだけど」

見ているとやがて、男は近くのビルの陰に駆け込んだ。

「ちょっと行ってみましょ!」

彼女は駆け出した。

「ま、待ってくれ！」

博士はドタドタと後を追う。

＊

「ボス、すごいですね。魔法みたいだ。いったいどんな手を使ったんです？」

と、待っていた手下が感心してたずねる。

「フフフ……。これだよ」

とボスは、手の中にある小さな小壜《こびん》を見せた。香水を入れる壜のようで、スプレーがついている。

「これは、ある研究所から盗んできた『錯覚スプレー』なんだ。記憶をあやふやにさせて、思い違いをしやすくする催眠ガスの一種だ」

「というと……？」

「オレの顔は見てのとおり、どこにでもありそうな平凡な顔だろ？」

「はい、どこにでもころがっている平凡な顔です」

「どっちかっていうと印象に残らない顔だろ？」

「そりゃもう、まるで印象に残らない、ありきたりの、どーってことない顔です」

「…あんまり強調するな。少しは気にしているんだから」

ボスは不満そうに説明を続ける。

「つまりだ、誰だってオレみたいな顔つきの友達を一人や二人は持ってるわけだ。そこでオレが『やあ、久しぶり』などと言って、相手にこの錯覚スプレーをシュッとする。するとむこうは、いつも心の中にある誰かの顔を思い浮かべて、そいつをオレと間違えるというわけだ。つまり、オレオレ・スプレーだな」

「なるほど。さっきはみんな心の中にある知り合いの顔を思い出したのか。で、ボスがその友達だと思ったから安心して金を貸したんですね」

「そういうことさ」

「こりゃ凄い！」

手下は小躍《こおど》りして喜んだ。

「こいつさえあればいつでも誰からでも金が借りられる。寸借《すんしゃく》詐欺の帝王！　寸借詐欺のチャンピオンになれますね！」

「お前はどうしてそう発想のレベルが低いのだ」

ボスがあきれたように言う。

「このスプレーを使って、オレはもっとデカいことを考えてるんだ」

そこへ乗り込んできたのが彼女だった。

「またそんな悪いことを企んでるのね！」

「わ、何者だ！」

「あなたたち、これまでにも山小屋で失敗したり、鏡が割れて大変な目にあったりしてるでしょ？」

彼女の言葉にボスはビクリとした。

「……う、お前、なんでそんなこと知っている」

「だって読んだもの」

「よ…読んだ？　どういうことだ？」

それから彼女は手下の方に向かって、

「ケガは大丈夫だった？　拳銃で撃たれたんでしょ？」

「な、なんで知ってる？　お前、気持ち悪いやつだな」

そこへ、遅れてやってきた博士が、

「どうした。何を揉《も》めておる？」

「この人たちのやることどうせ今度もうまくいかないと思うから、やめておいた方がいいって忠告してるの」

「ふん。大きなお世話だ。おい、行くぞ！」

「へい！」

と二人組は走って逃げて行った。それを見送って、彼女はハッと気がついた。

「博士、ごめんなさい！　私、ついちょっかいを出してしまった」

「ちょっかい？」

「今はあの二人の物語の中にいるんですよね。私が関わったことで、この物語の世界が変わってしまうかもしれない」

「なに、かまうもんか。それも含めて物語じゃよ。気にすることはない」

「でも…」

「物語の二人に現実のあんたが関わった……と思っているのじゃろうがな、ひょっとしたらその逆かもしれんぞ」

「逆？」

「いや、同じかもしれんな」

「同じ……？」

＊

重そうなジュラルミンケースを持って、二人は銀行から出てきた。停《と》めてある車に乗りこむ。

「ボ、ボス……。早く発進しましょうよ」

「あわてるな。ガスの効きめが切れるまでには、まだ時間がある」

車が発進して、銀行の建物が見えなくなると、手下はホッとして言った。

「うまくいきましたね。銀行から金を盗むのがこんなに簡単だとは思わなかった」

まさに二人にとっては簡単なことだった。まず銀行に入ると窓口の係にシュッとスプレーをかけ、「例の融資の件だけど……」と話す。すると相手は、心の中にある取引先の人物と錯覚し、支店長に会わせてくれる。

今度は支店長にガスをかける。「本店から来たんだけど……」などと話す。心の中にある本店の人物を思い出し、支店長は簡単に金庫の扉を開けてくれる――というわけだ。

「たしかに今までは山小屋で失敗したり、鏡が割れたりでうまくいかなかった。だが今度こそ、三度目の正直だ」

金を盗むという行為を「正直」と呼ぶことに疑問は感じるが、たしかに計画は成功していた。が、前方を見て、手下が叫んだ。

「ボス、大変です。お巡りが！」

警察が検問をしているのだ。

「もうオレたちのことがバレたんですか」

「いや。ガスはまだ効いているはずだ。そんなことはないだろう」

見ると、どうやら交通安全の検問らしい。

「大丈夫だ。オレはちゃんと運転免許証を持っている。違反もしていない。免許証を見せれば、それでＯＫだろう」

「で、で、でも、もし荷物を調べられたらヤバイですよ」

たしかに、現金がびっしり入ったケースを持っていることがバレれば、疑われるにきまっている。それに、すでに手下の方がオドオドしているのもまずい。

「よし。念のため、例のガスを使うか」

——すみません。ちょっと免許証を……。

若い警官がのぞきこんできたので、そこへシュッと一吹きした。

「やあ。オレだよ、オレ」

ボスは自分の顔を指差す。

警官はとろんとした眼で見ている。

「ほら、オレだよ。思い出しただろ」

警官の顔が輝いた。

――……ああ、おまえは。

ボスは手下に小声で囁く。

「ほらな。うまくいっただろ」

「そうですね。どうなるかと心配してましたよ」

と手下も胸をなでおろした。

ボスは警官に言った。

「じゃ、通ってもいいよな」

しかし、行こうとする車を、警官がとめた。

――待て。逮捕する。

「何言ってるんだ！　オレだよ。お前の心の中にある顔をよーく思い出してくれよ！」

――思い出したとも。全国指名手配の顔写真はいつも本官の心の中に焼きついているのだからな。車から降りろ！　荷物を検査する！

4　眠れぬ夜

ぐおぅ――――。ぐぁぁぁ――――。

「誰だ、いびきをかいているのは！」

男はふとんから跳《は》ね起きた。

「うるさくって、目が覚めちゃったじゃないか！」

ぐぉお～～。がぁ～～。

「ええいっ、いいかげんにしろ！　今、何時だと思ってるんだ！」

怒鳴《どな》って、男は再びふとんをひっかぶった。

がぉおお――――。ぐががが――――。

「ハッ……」

そのとき彼は気がついた。

「この家、今日引っ越してきたばかりで、ぼく一人しか住んでないんだ！」

＊

翌日、男は不動産屋に怒鳴りこんだ。

頭がかなり薄くなった不動産屋の親父は、ニガ笑いしながら答えた。

「いやあ、やっぱり出ましたか」

「や、やっぱり？　その言い草はないだろ」

「しかしね、このご時世に敷金・礼金なし、家賃もあんなに安いとあっては、内心『何かある』とは覚悟してたでしょ」

「そりゃ、まあ……何かあるだろうとは思っていたけど、まさかその何かがいびきだとは思わなかった。あまりにすごい音なんで、一睡もできなかった」

男はすっかり赤くなった眼をこする。

「夜中、家中を探しまわったけど、もちろん誰もいなかった。ということは、目には見えないオバケみたいなのがいて、そいつがあのもの凄いいびきをかいてるってわけなのか？」

「まあそんなようなものですね」

「どうしてそうなったんだ」

「実はですね……」

不動産屋は伏《ふ》し目がちに話しだした。

――最初にあの家を借りたのは新婚夫婦でした。傍目《はため》にも、そりゃあ仲のいい二人でしてね。休みの日には二人して買い物に行く姿をよく見かけたものです。

ところが一年ばかりたつと、御主人のほうの姿をあまり見かけなくなった。「どうしたのかな」と思っている内に、ときおり見かける奥さんの顔もしだいにやつれてくる。そこで訊《き》いてみると、御主人は病気で床に伏せっているというんだ。かわいそうに、奥さんはその看病疲れでやつれてきたというわけだ。

神様というのは無慈悲なものだと思ったよ。あんなに尽くしていたというのに、それからひと月もしないうちに御主人は亡くなってしまった。

残された奥さんは、毎日泣き暮らす生活だ。泣いて、泣いて、泣きつかれて食事はとらないから、体はげっそり痩せてしまう。ついには、御主人のあとを追うかのように亡くなってしまったんだ。

それから、あの家には、夜になると……奥さんのシクシクとすすり泣く声が……。

「うわあ~~。やめてくれ！　怖い！」

と男はとびあがった。

「ぼ、ぼくはそういう話に弱いんだ！　やめてくれ……ん？　ちょっとまてよ。……ぼくが聞いたのは、いびきだぞ」

「話は最後まで聞きなさい。早合点するんじゃない」

不動産屋は男をたしなめて、さらに続きを話した。

「つまりまあ、そういったわけで、あの家にはすすり泣く女の霊がついているという噂がたったんだ。それからあの家を借りた人はみんな『泣き声が聞こえる』と言って、出ていってしまう。もちろん、そんなのは思い込みにすぎないと私は思ってるがな……。しかし、あの家に住もうという者はいなくなった。そこへ現れたのが一人の男だ。そいつは『噂なんか気にしないからあの家を借りたい』と言うのだ」

「へえー、世の中にはずいぶん勇気のある……というか、もの好きな奴がいるもんだなあ」

「しかし、理由を聞いてみて私も納得した。なんでもその男、もの凄いいびきをかくんだそうだ。アパートに一人暮らしをしていたんだが、夜になると両隣の部屋はもちろん、上の部屋からも下の部屋からも苦情がくる。風向きによっては二軒おいた端の部屋だけから苦情がくる、という妙な具合にもなる。ともかく凄い音だ。そこで近所に気をつかうあまり、その男は慢性的な寝不足に悩まされていたそうだ」

「わかった。それであの家を……」

と男は納得した。

彼が借りたその家はかなり広い。まわりの家からは少し離れた所にぽつんと建っているので、少々大きないびきをかいたところで誰にも気づかう必要はないわけだ。

「その人、喜んでなあ」

不動産屋は言った。

「『生まれて初めて、毎晩ゆっくりと眠れます』と嬉しそうだった。ところが、それから少しして交通事故にあって亡くなってしまったんだ」

「ありゃま、かわいそうに」

「その人にとっては初めて手に入れた寝心地のいい家だったんだろう。それであの家に気持ちが残って、毎晩いびきのオバケとなって現れるのではないか……と思うのだが」

「冗談じゃない！　そんなものは怖くはないが、毎晩あの凄いいびきを聞かされたらこっちが寝不足になってしまう。なんとかしてくれ」

「うーん。なんとかと言われてもねえ……お祓《はら》いでもしますか」

「お祓い？　あんなもの効くのかな」

「効きます。効きます。お祓いをしましょう！」

＊

そんなわけで、いびき男の霊をしずめるためのお祓いが行われた。

その夜、男はふとんにもぐり込んで耳をすませた。

「昨夜はもういびきが聞こえていた時間だぞ。しかし、今日は何も聞こえない。……よかった、お祓いが効いたんだ！　いびきオバケは退散したんだ！」

彼は喜んだ。

「バンザーーイ！　これで今夜からゆっくり眠れるぞ」

がそのとき、闇の中から別の声が聞こえてきたのだ。

「……そ、そうか。今まではいびきにかき消されてわからなかったけど、これからはこれが毎晩聞こえるようになるのか。ぼく、こういうの弱いんだ！　怖いよォ～～！」

不気味で悲しげな、女のすすり泣く声が闇の中を満たしていた。

5　ネクタイ

「こんな悪趣味なネクタイ、しないよ」

と、ぼくは黒地に銀色の水玉模様のネクタイをつまみあげた。

「いえ。これは趣味がどうのこうのという低次元なネクタイじゃないんです」

玄関にあがりこんできた来た痩せた男は、上目づかいにぼくを見た。奴がひろげたカバンの中には、いずれ劣らぬおそろしく趣味の悪いネクタイが何十本もはいっている。

「ネクタイに次元の高い低いがあるのかい」

ぼくはヒマだったので、しばらくこの訪問販売員につきあうことにした。

「もちろんです。次元の低いネクタイは単なる飾り、ファッションの役にしかたちません。たまにはナプキンがわりに口を拭《ぬぐ》うこともできるかもしれませんが、しょせんその程度です。ところが私がお持ちしたこのネクタイは、他人に対してある作用をいたします」

「ある作用？」

「さようですな」

と、男は面白くもない駄洒落《だじゃれ》を言う。

「ネクタイというものは、それをつけている人のイメージを作ります。『若々しいな』とか、『渋い感じの人だ』とか、締めるネクタイによって、他人が受けるイメージが変わってきます」

「そりゃそうだな」

「私がお持ちしたネクタイはその作用をさらに強めたものです。たとえば、あなたがこのピンクのネクタイをつけるとしましょう。するとこのネクタイが、まわりにいる女性に作用して、誰もがあなたのことを『素敵な人ね』と思うようになるのです」

「そんなバカな」

「いえ。これは事実です。人間心理学を応用したこの色とデザイン、そして……」

と、男はここで声を低めた。

「……人間世界では決して手に入らない、特殊な繊維を使って織りあげていますから」

ぼくは一瞬気味悪く思った。しかしすぐに、たんなるハッタリだろうと思った。

「へえ……。それは便利だな。で、このネクタイはいくらなんだい?」

「一本ではお売りしません。女性にもてるネクタイ、ギャンブルに強くなるネクタイ、仕事がうまくいくネクタイ……などなど各種をワンセットにしまして……」

と、男が示した金額はとてつもなく高いものだった。冗談でも買える値段ではない。

「それは無理だよ」

「では、レンタルはいかがですか？　一ヶ月お貸しして、この値段です」

今度は逆に驚くほど安い金額となった。いったい、どういう料金体系をしているのだ。

「一ヶ月お使いになって効果がなければ——まあ、そういうことは考えられませんが——お返し下さって結構です」

たまたま給料日の直後だったので、遊び心も手伝ってそのセットを借りることにした。

＊

「いやぁ、最近キミの手がける仕事はどれもトントン拍子に上手くいくね。いったいどういうわけだ」

と、会社の上司がぼくの肩に手をかけて言った。

ぼく自身としては以前とかわらず仕事をしているつもりなのだが、大きな商談が向こうのほうからどんどん転がりこんで来るのだ。それまで目立たなかった——というより、どちらかというとダメ社員だったぼくは、いちやく上司に注目される存在になった。もちろんそれは『仕事がうまくいくネクタイ』を締めているせいだろう。が、そんなことを口にするつもりはない。

「どうして仕事がうまくいくのか、ぼくにもわかりません。ツイてるだけでしょう」

「いやあ、そう謙遜《けんそん》するとこがまたいいいな。ワハハ……」

かくしてさらにまたぼくの評価が上がる。

仕事が終わると、ぼくはネクタイを例のピンクに替えた。会社一番の美女と評判の女の子が、ぼくに出会うなり、

「ねえ、今夜飲みに連れてって」

とウインクして来た。このネクタイのおかげで、このところ女の子にモテっぱなしだ。

一方、男子社員と飲みに行く時は、悪趣味な格子《こうし》模様のネクタイを締めていく。お会計の時これみよがしにネクタイをアピールすると、

「なんか気分がいいいな。今夜は俺におごらせてくれ！」

と必ずそうなるのだ。、ぼくは自分でお金を払ったことがない。

＊

あっという間に一ヶ月がすぎた。

忘れていてくれればいいが、というぼくの淡い期待に反し、あの男は約束どおりやって来た。

「へへへ……いかがでしたか？」

奴は下品な口調で、ぼくにきいた。

ぼくはもう、このネクタイなしでは暮らせない自分に気づいていた。そういう客の心理状態を知りつくしたうえでの、奴の言葉なのだ。

「もう一ヶ月、レンタルを延長してくれないかな」

「それはできません。これ以上使いたいのなら買い取っていただきます」

「し、しかし……そんなお金はない」

苦悩するぼくに、男はそっと耳打ちした。

「お金はない。しかし、どうしてもネクタイが欲しいという方のために、特別に《魂》でもお売りしていますが……」

ぼくは驚いてとびのいた。

うつむいた男の耳の先が、ニュッとのびたように見えた。

体はゾッと寒気《さむけ》をおぼえた。反対に、頭の中はカーッと熱くなった。

「く、くそう……こんなものいるか！　出て行け！」

必死の思いでネクタイの束を奴に投げつけた。奴が出ていくとすぐに玄関の鍵をかけ、ぼくはしばらくそこに立ちつくしていた。


あとになって、正直言って後悔した。

あのネクタイセットさえあれば、仕事、金、恋愛、すべてに何不自由ない人生がおくれたのだ。カッとしたとはいえ（いや、むしろカッとしていたからこそ、あんなことができたのかもしれないが）もったいないことをしてしまった。

そう思う反面、あそこで奴を追い返した自分を、少しばかり誇らしくも感じていた。

＊

ぼくはまた、元の平凡なサラリーマンに戻った。

いや、一度すばらしい経験をしているだけに、毎日は以前にも増して辛いものに感じた。上司からは「やっぱりツイてただけだったな」とイヤミをいわれる。すっかりダメ社員の烙印《らくいん》を押されてしまった。会社の女の子には全く無視された。同僚からは、

「あの時おごってやったよな。今夜はお前が払え」

と以前おごった金額の何倍ものお金を払わされる。原因がネクタイだけに、すっかり首をしめられてしまったというわけだ。シャレにもならない。

そんなガックリきているぼくに、ある日、一人の女の子が声をかけてくれた。

「大丈夫？　人間いいときもあれば悪いときもあるわ。落胆しないで頑張って」

彼女は会社の中でも地味な存在で、目立たなかった。が、あのピンクのネクタイをしていた頃とびきりの美女に声をかけられたときより何倍も、何十倍もうれしかった。

それが縁で、ぼくは彼女とつきあい始めた。

そして今、ぼくは彼女がプレゼントしてくれたネクタイを締めている。こいつは仕事にもギャンブルにも何のキキメも見せてくれないが、ぼくの毎日は楽しい。

ごくふつうのネクタイでも、場合によっては素晴らしい効果をあげることがあるのだ。

6 占い

「紆余曲折《うよきょくせつ》あってね」

と男は言った。

「ここにいらっしゃる方はだいたいそうです。で、何を占いましょう?」

低い声で答えたのは、女占い師だ。しかし男は、

「いや、私が占いをしたいんだ」

「は?」

狭い部屋だ。三面の壁には黒いビロードの布。照明は薄暗く、ほのかにエキゾチックな香が匂う。テーブルには水晶玉が置かれていた。

「……それは、どういうことでしょう?」

男は、これまでの人生を語った。脱サラで会社をおこし、やがて愛人を作り、妻と離婚。そのうち会社が傾き、共同経営者に金を持ち逃げされ、愛人も去り、借金のカタに家を失い、無一文に……と。

「それで、一からやり直そうと?」

「いや。もう夢も希望も、未来もない。どこか高いビルの上からでも飛び降りようと街をふらついてたら、この『占い館』の看板が目に入ったんだ。なるほど、占い師なら元手ゼロ、口先三寸で商売できる。手っ取り早く金を稼ぐ占いのやり方を、教えちゃもらえないか？」

こんな言い方をされて怒るかと思いきや、女占い師は静かに、

「……いいでしょう」

と立ち上がった。

片側にあるビロードの布をあける。壁一面が本棚になっていて、「占星術」「風水」「気学」「タロット」など、占いの専門書がぎっしり並んでいた。彼女はそこから一冊の書物をとり、男の前に置いた。

「これは？」

男は驚いた。どう見ても、ただの国語辞書にしか見えなかったのだ。

「これは魔法の辞書です。あなたに『辞書占い』の方法を教えましょう」

＊

女占い師に教えられた通り、男は辞書一冊を持って街に出た。指定された場所で、占いの看板を出す。

やがて客がやって来た。ＯＬだ。男はおもむろに辞書を取り出した。

「あのう…それって、ただの国語辞書では？」

ＯＬは怪訝《けげん》な顔をする。当然だ。

「かのアナトール・フランスは、辞書のことを『アルファベット順に置かれた宇宙』と言っています。この世のすべては一冊の辞書の中にあるのです」

と、女占い師に教えられた口上を述べる。実は彼は、アナトール・フランスが何者かということも知らなかったのだが。

「これは日本語だから、『アイウエオ順に置かれた宇宙』です。あなたの過去・現在・未来、すべての運命は、この辞書の中に記されています」

「は、はあ…」

「では早速占ってみましょう。心の中で、悩みごとを深く念じてください」

言われるまま、ＯＬは辞書を胸にあて、目を瞑《つぶ》って念じてから、パッと開いた。

「開いたページがあなたの『現在』を表わします。この中に、あなたの悩みに関する言葉があるはずです。何でしょう？」

「………【見かけ倒し】かしら」

「ほう。それは、誰かが見かけ倒しということですね。会社の人か、友人か、それとも恋人？」

「そうなんです。実は……」

と彼女は恋人がいかに見かけ倒しであったかについて愚痴《ぐち》った。それをじゅうぶん聞いてやってから、男は続けた。

「現在の原因は過去にあります。では、一ページ前をめくって下さい。そこはあなたの『過去』を表わします。気になる言葉はありませんか？」

彼女は目を皿のようにして探した。

「……【見合い】。凄い、当たった！」

お見合いで知り合った相手とこのまま結婚すべきかどうか――というのが彼女の悩みだったのだ。再びその話をじゅうぶん聞いてから、男は言った。

「今度は最初開いた『現在』のページに戻って、その次をめくって下さい。そこにはあなたの『未来』が記されているのです」

OLはおそるおそる辞書のページをめくった。彼女の目に飛び込んできた言葉は、

「【ミサイル】！　彼にミサイルを撃ち込めってこと？」

「……い、いえ。キーワードは、そのそばにある【未婚】では？」

「ああ！」

「どうやら、結婚はまだ早いようですね」

「ありがとうございます！　これで決心がつきました」

彼女は辞書占いの不思議さに驚き、感激し、帰っていった。


だいたい人は、悩みがあるから占い師の元へやってくるのだ。だから、占い師の役目の半分は相談者の話を聞いてやること。あと半分は、そこから導き出されるアドバイスを言ってやることだ。その際、手相やタロットや水晶玉といった占いらしい小道具があると効果的。ならば、それが魔法の辞書であってもいいわけだ。

この国語辞書には約七万語が収録されていた。見開き二ページにある項目は八十ほど。「過去」「現在」「未来」分でその三倍。これだけあればどこかに、悩み事に関連付けできる言葉があるものだ。

それにこの方法だと、相談者は自分から問題の核心に近づいていく。男はそれを手助けするだけでよく、時に別の項目に誘導することもできる。元々口のうまい彼に、それは造作もないことだった。

こうして、男の辞書占いはよく当たると評判になった。口コミで客が客を呼び、行列ができるほどになった。

「ここらで、バーンと積極的に勝負に出よう！」

彼はテレビ局に売り込んで、『驚異の的中率。話題の辞書占い！』という特集を組んでもらうことに成功したのだ。

生放送のスタジオで、男は番組が用意した中年女性に辞書占いを行った。

やつれた表情の彼女は、バツイチ・子連れ。再婚に関する相談だった。男は、「離婚の原因は夫の暴力」、「子供は小学生」、「再婚を考えている相手もバツイチ」などを、自分でも驚くほどズバリズバリと当てた。彼女が辞書から選ぶ言葉に従うと、自然にそうなるのだった。

最後に未来のページを開き、再婚はうまくいくだろうと占うと、彼女は感極《きわ》まって泣き出してしまった。スタジオは感動に包まれた。

（これで辞書占いは爆発的な人気になる！）

と男は確信した……のだが、そのあとが違った。CM明けに、司会者が言ったのだ。

「さあ、もう一度出てきていただきましょう！」

いったん引っ込んださっきの相談者が再び登場した。さっきとは見違えるほど若々しい。

彼女はニッコリ笑って、実は役者であると告白した。バツイチでも、子連れでもなかった。

なんとこれは「ドッキリ企画」で、男の辞書占いはインチキだと笑いものにされたのだ。

辞書占いの評判はあっという間に地に落ちた。客は誰も来なくなり、男は再び無一文になった。

やがて、男は高いビルの屋上に立っていた。遥《はる》か下に、車がミニカーのように見える。ここから飛び降りれば、ひとたまりもないだろう。

「結局はこうなるのか……」

この世に別れを告げることにした。が、最後に、男はふと思い立った。

「そうだ、自分の人生を占ってみるか」

目を瞑《つぶ》って、辞書を開いてみた。そこにあった言葉は、

うら-ない【占い（▼卜い）】

「なるほど。現在の俺だ。当たってるな」

それから彼は、『過去』を示す前ページをめくってみた。

うよ-きょくせつ【▼紆余曲折】

「へえ、当たるもんだなあ」

と感心した。それからゆっくりと、『未来』のページをめくった。

そこにあった言葉は……

うら-め【裏目】

「驚いた。よく当たるな。たしかに、積極策が裏目に出たわけで…」

とつぶやきかけ、途中で気づいた。

「…あれ？　おかしいぞ。これは未来じゃなく、現在のことじゃないか」

すると、

――ですから、現在のあなたから見れば未来のことなのです。

と低い声が聞こえた。男は驚いて、顔をあげた。

＊

目の前に女占い師がいた。周囲を見回すと、そこはビルの屋上ではなく、黒いビロードの布でおおわれた狭い部屋だった。

「ここは、占いの館？」

「はい。いま、あなたの未来を占って差し上げたのです」

テーブルの上には国語辞書があり、その開いたページを、男は指差していたのだった。

「この魔法の辞書を差し上げます。占い師をやってみますか？」

男はちょっと考えてから、首を振った。

「いや、やめた。ここで【占い】を選ばなきゃ、別の未来もあるってことなんだろ？　もう一回、最初からやり直してみるよ」

男は晴れ晴れした表情になり、部屋を出て行った。

たしかにそれは、魔法の辞書なのかもしれなかった。開かれたページの【裏目】の下段には、こういう言葉も載っていたのだ。

うら-らか　【▽麗らか】①空が明るく……　②心にわだかまりがなく、晴れ晴れと明るいさま。

いつのまにか、彼女は一人で歩いていた。博士とはどこかではぐれてしまったようだ。

「さっき、『占い館』の看板を見上げる通りの人ごみの中にいた時、すでに博士はいなかった」

と彼女は思い出す。

「その前、悪趣味なネクタイを締める男のオフィスの片隅にいた時はどうだったかしら？博士も一緒にいたような、いなかったような……」

どのくらい時間がたったのか、わからない。

いま歩いている場所がどこなのかも、わからない。

進んでいるうち、しだいに街並みが途切れてきた。気がつくと、あたりに緑が増えていた。

ひゅう…。

と気持ちのいい風が吹く。

見ると前方に、こんもりとした林がある。気持ちのいい風はあそこから吹いてくるようだ。彼女の足は、自然に林の方向に向かった。

7　瑠璃色の蝶

白い虫取りの網がすばやく横に動いた。次の瞬間、網の中には紫色の蝶がいた。

「へへへ……つかまえたぞ」

少年は手なれた様子で蝶をつかみ、その羽根をひろげて見た。

「なあーーんだ」

少年はがっかりして言った。

「ちょっと変わった模様だと思ったけど、よく見るとそうでもないや。こんなのなら、ぼくいくらでも持ってる」

そうつぶやくと、彼はまるでゴミかなにかのように蝶を放りだした。

そのとき、少年の目の前をふわりと一匹の蝶が横切った。

「あっ！」

それは彼が今までに見たことのない蝶だった。羽根は優雅にひろがり、太陽の光をあびて瑠璃《るり》色に輝いた。少し角度を変えるだけであざやかな緋色にも、気品のあるうす紫にも、おちついた藍色にも見えた。その蝶が、まるで風と遊んでいるかのように飛んでいくのだ。

あまりの美しさにしばらく見とれていた少年は、やっと気を取り戻し、あわてて網を手にした。

「ま、待てーー」

彼は追いかけた。が、蝶はすぐに林の中に入ってしまい、行方がわからなくなった。

彼はその日、日が暮れるまであちこち探しまわったが、ついにその蝶を見つけることはできなかった。

*

「うーーん。これもちがう。……こっちも、ちがうなあ……」

その夜、少年は大きな図鑑のページをめくっていた。記憶をたよりに、昼間見た蝶の種類を確かめようとしているのだ。しかし、図鑑のどこにもそれらしい蝶は載っていない。インターネットで調べても、記憶の中の蝶とは微妙に違う。

「だとすると……新種かな」

彼の口元がゆるんだ。

「新種を発見したとなると、大ニュースだぞ。蝶の学名に、発見者であるぼくの名前がつくんだ！　すごいぞ！」

彼はベッドにねころんだ。

本棚には昆虫の図鑑や本がずらりと並んでいる。部屋のあちこちにたくさんの標本箱がある。そのどれにも、きれいな蝶がきちんとピンでとめて並べてあった。そのコレクションの中に、あの瑠璃色の蝶が（しかも彼の名前を冠せられて）加わることを考え、少年は満足そうな笑みを浮かべた。

＊

それから毎日、少年は蝶を見失った林へ出かけた。林の中をあちこちと、彼はくる日もくる日も網を持って歩いた。蝶には『蝶道《ちょうどう》』といって、決まったコースを飛ぶ種類がある。以前に瑠璃色の蝶を見た場所で、一日中ずっと待っていたこともあった。だが、あの美しい蝶の姿に出逢うことは二度となかった。

しかし、時とともに蝶の印象がうすれるということはなかった。それどころか、彼の心の中では日に日に、あの蝶の姿が鮮明になってくるのだった。

それからさらに数日後、少年はどこをどう歩いたのか、林の中の見知らぬ場所へ出た。小さな滝があり、まわりには見たこともない白い花がいっぱい咲いていた。小さいころからここで虫取りをしてきた彼でさえ、林の中にこんな場所があるとは知らなかった。

「あの蝶だ」

白い花のひとつに、たしかにあの瑠璃色の蝶が羽根をやすめているのだ。

彼の胸は高鳴った。網をにぎりしめている手に思わず力がはいり、細い関節が白くうかびあがる。深く息をすう。静かに、静かに、蝶に近づいた。

――待って。

と、彼の心に声が響いた。

「誰だ」

びくりとし、まわりを見まわす彼の心に、さらに声が続いた。

――わたしよ。あなたの目の前にいるわ。

「目の前って……蝶？」

――そう。あなた、もう何日も私を探し続けていたわね。

「……知っていたのか」

――ええ。そして、あなたがわたしをつかまえて標本にしようと考えていることも。

少年は言葉につまった。

「…………」

――わたし、つかまってもいいのよ。

「ほんとかい！」

――あなたも知ってるでしょ。蝶の命は短いの。もうすぐ死ぬのだからつかまってもいい。ただし条件があるの。

「……条件って？」

――あなたが今までに集めてきた蝶の標本。あれをみんなここへ持ってきてほしいの。たくさんの仲間たちが背中をピンでとめられたまま、この美しい花や、きれいな水、気持ちのいい風にふれることができないなんて、かわいそう。

*

翌日、少年はひとかかえもある標本箱の山を持って林へやって来た。新種の蝶を発見し、それによって自分の名前が永久に残ることに比べれば、「今までのコレクションなんてゴミみたいなものだ」と思ったからだ。

林の入口にあの蝶が舞っていた。ふわふわと進む蝶のあとについていくと、いつの間にか昨日と同じ小さな滝のそばに出た。

――持ってきてくれて、ありがとう。標本箱をそこにおいて、ガラスの蓋をみんなはずしてくれない？

「う、うん。……こうかい」

彼は言われたとおりにした。

すると、林の間をぬけて、ひゅうと風がふいた。その風にすくいとられたように、標本の蝶たちがいっせいに舞いあがったのだ。

「あっ」

彼は目をみはった。色とりどりのたくさんの蝶が、彼のまわりを舞いはじめたのだ。信じられない光景だった。が、たしかに蝶はまるで生きかえったように舞っていた。どの蝶も楽しそうで、標本箱の中にいた時より何倍も美しく、輝いて見えた。それは彼がただ無心に蝶を追いかけていた日々の記憶と重なった。

——ありがとう。

瑠璃色の蝶が語りかけた。

——みんなよろこんでいるわ。……約束よ。さあ、わたしをつかまえていいわ。

「いや……」

少年は持っていた網を手放して答えた。

「もういいよ。それよりも、もう少しここで蝶たちをながめさせておくれ」

彼は、あざやかな蝶の海の中に、いつまでも立っていた。

気がつくと陽菜《はるな》は自分の部屋にいた。

「うたた寝をして、夢を見ていたのかしら？」

けれど、蝶を捕まえようと白い網を持つ少年の姿はハッキリと憶《おぼ》えている。彼女の周囲を色とりどりの蝶が舞っていた。一緒に舞っていたような気さえしている。とても現実感があった。それだけではない。悪趣味な柄のネクタイをしたサラリーマンはたしかにオフィスの片隅で見たし、あのドジな二人組とは話だってした。どれも夢とは思えなかった。

机の上にはタブレット端末があった。まだ今週配信された物語が残されていた。憶えている場所を探して、読んでみる。

「あなたたち、これまでにも山小屋で失敗したり、鏡が割れて大変な目にあったりしてるでしょ？」

彼女の言葉にボスはビクリとした。

「……う、お前、なんでそんなこと知っている」

「だって読んだもの」

「この『彼女』は、私だ」

と陽菜は確認する。

「たしかにこんな風に喋った。憶えてる。やっぱり私はこの物語の中にいた。そして今、ここから出てきた」

現実世界に戻って来ることができて、ほっとした。物語の世界は楽しかったので、ちょっと残念な気持ちもあったけれど。

「あれ？」

文面を見てなにかが気になった。何だろう？

「私、この中ではずっと『彼女』って書かれている……」

陽菜の頭の片隅で、かすかな光が点滅する。

「……そういえば、ここで読んだ物語って、これまで彼女とか女、男、彼……という人しか出てこなかったような気がする」

懸命に記憶をたどる。

「他には、たしか……少年、青年、老婆、博士……。あのドジな二人組はボスと手下だったし。やっぱり、誰も名前がない」

物語の中に入って「陽菜《はるな》」は「彼女《かのじょ》」となり、その「彼女」は現実の世界に戻るとまた「陽菜」になった。

「もしかしたら、他の物語に出てきた『彼女』とか『彼』、『男』『女』『ぼく』『私』『青年』……という人たちも、私と同じかもしれない。物語の中から出て来て、今は普通にこの世界にいるかも？　この街にいるかしら？　学校にもいるかな？」

そう考えると、なんだか楽しくなってきた。

「いえ、待って。まさか……」

とさらに陽菜は思う。

「実は、私は元々物語の登場人物である『彼女』として生まれ、誰かに読まれたことで今ここに存在している……とか？」

陽菜は、自分でも不自然だと思うほど大きな声で笑った。

「アハハハハハ！　そんなわけないわよね。当たり前じゃない。だって、じゃあ読んだのは誰？　って話だもの」

自分が現実だと思っているこの世界が、実はなにかの物語の中なのかもしれない…と彼女は思った。でも、そう思っている今が現実である……と思っている物語の可能性もある…という現実…を描いた物語世界を…いま現実世界で読んでいて、その現実が実は物語の中であって…………。なんだかいつかＣＧで見た、デジタルのフラクタル模様が永遠に続くループ・トンネルの中にいるみたいな気持ちになった。考え始めると頭の中がジーン

と、もはや物語の登場人物なのか現実なのかわからなくなった博士の言葉を思い出した。

「そういえば……」

と痺《しび》れてくる。

「書かれたままずーっと読まれない気分というのは、辛いもんだぞ」

陽菜は机の横にある本棚を見た。たまっている「積ん読本」がある。

「ここにある本の中にも、そんな風に思っている登場人物がいるのかなあ」

手に取って、何冊かめくってみた。途中で読むのをやめた本、課題図書だった本…。本屋さんのカバーがついたまま手付かずの本もある。そのカバーをはずしてみた。表紙は、少年が本を読みながら歩いているシルエットの写真。歩いている？　登っている？　なぜか縦と横が逆になった世界。これはどこかの砂漠だろうか？　夕暮れなのか朝焼けなのか、空が美しい。そこにあるタイトルは『一千一ギガ物語』。

一ページ目をめくると、物語はこう始まっていた。

《読書課題・入口》

と書かれたアイコンが、タブレットの片隅にあるのに気づいた。

「あれ、こんなのあった？」

いま世間では、オンライン授業とかリモート授業と呼ばれるものが急に増えてきた。陽菜《はるな》が通う学校もそうだ。一人一人にタブレット端末が貸し出され、登校した時はそれを教科書とか問題集としても使う。

ごくたまに在宅授業というのもあって、その時はこのタブレットの中が学校の教室ということになる…………

藤井青銅

ふじい・せいどう／23歳の時、第1回「星新一ショートショート・コンテスト」入賞を機に作家・脚本家・放送作家としての活動に入る。ライトノベルの源流とも呼ばれる『死人にシナチク』シリーズなどの小説のほか、数百本のラジオドラマを執筆。「バーチャル・アイドル」芳賀ゆいの仕掛けや、腹話術師・いっこく堂のプロデュースを手掛けるなど、メディアでの活動は多岐にわたる。最近では、落語家・柳家花緑に47都道府県のご当地新作落語を提供している。

一千一ギガ物語
2021年6月10日　初版第1刷発行

著者 ——— 藤井青銅

発行者 ——— 古川聡彦

発行所 ——— 株式会社猿江商會
〒135-0002
東京都江東区住吉2-5-4-101
TEL：03-6659-4946
FAX：03-6659-4976
info@saruebooks.com

カバー写真 — キッチンミノル
装丁・本文デザイン — 園木 彩
印刷・製本 — 壮光舎印刷株式会社

ISBN978-4-908260-11-7 C0093 Printed in Japan